講談社文庫

ブックキーパー　脳男(下)

首藤瓜於

JN046739

講談社

ブックキーパー　脳男(下)

第七章

1

吉野《よしの》は自分の家の玄関前に立って、入るか入るまいか長いあいだ逡巡していた。何度も辺りを見まわしては、近くに人影がないかどうかたしかめた。

意を決してドアの鍵を開けると、戸口に立ったまま、人の姿がないか家のなかをのぞきこんだ。

人の姿はなかった。耳を澄ましたが、物音ひとつせず、物陰に人が潜んでいる気配もなかった。

吉野は家のなかに足を踏み入れると、急いで鍵をかけた。

リビングを忍び足で横切って、寝室と浴室をおそるおそるのぞいてみたが、どこにも人間は隠れていなかった。

吉野は安堵の吐息をつき、リビングに戻ると倒れこむようにしてソファに腰を下ろした。

前日、二時間近く茶屋《ちゃや》に責め立てられたあとでようやくホテルの自分の部屋に戻ることを許されたのだったが、百武の死を知らされた衝撃があまりに大きくて一睡もすることができなかった。そして夜が明けると同時に部屋にやってきた鵜飼という女警視から、いますぐ自宅に帰るよう言い渡されたのだった。

昨日襲ってきた連中が家で待ち伏せしているかも知れないというと、警察が遠巻きに監視しているから心配することはないという返事だった。

つまり、昨日襲ってきた連中をおびき寄せるための道具に使うつもりなのだった。

勘弁してくださいと抗弁したが、女警視は見かけによらず頑固で、どれほど懇願してもいったんいいだしたことを引っこめようとはしなかった。それはそうだろう、なにしろ悪人たちだけでなく県下の全警察官にまで恐れられている茶屋警部を平然とあんた呼ばわりするような女なのだから。

吉野はソファから立ち上がると台所まで行き、そこに置いてある道具箱の蓋を開けてドライバーやペンチのなかからいちばん大きくて重そうなスパナをとりあげた。

リビングに戻った吉野は、スパナを後生大事に抱えてソファに座り直した。見知らぬ男たちが家のなかに侵入してきたらどうしたら良いだろう。警察は本当にこの家を見張ってくれているのだろうかと不安で仕方なかったが、五分と経たないうちにいつの間にか深い眠りに落ちていた。

吉野の自宅から五百メートルほど離れた十字路の角にガソリンスタンドがあり、反対側の角に大きなファミレスの店舗があった。縣《あがた》と茶屋はそのファミレスの窓際のテーブルに向かい合って座っていた。

午前中のまだ早い時刻だったので、広い店内に客はまばらだった。

「ここからじゃ吉野の家は見えんぞ。大丈夫なのか」

「この区画一帯の防犯カメラを使って監視しているから、怪しい人間が近づいたらすぐにわかる」

縣はいった。今朝の縣はボタンダウンの白のフランネルシャツにロングスカートという出で立ちだった。

「防犯カメラで監視しているだと？　そんなことができるのか」

茶屋が疑わしそうに尋ねた。

「ピース・オブ・ケイク」

「なんのことだ」

「ちょろいってこと」

「最初から日本語でいえ。そのお前さんの言葉遣いはなんとかならんのか」

茶屋が苛立ったようにいった。

縣は胸のなかでほくそ笑んだ。茶屋と二度三度と顔を合わせているうちに、これくらいからかい甲斐のある男はほかにいない、と気づいたのだ。

「それにしても、お前さんはなにも見ていないじゃないか」

「わたしの部下が見ている」

「ほう、お前さんに部下がいるとは驚きだな。で、そいつはどこにいるんだ」

「東京」

「東京だと」

茶屋が素っ頓狂な声を上げた。

「東京からこの辺りにある防犯カメラの映像を見ているとでもいうのか」

「ただ見ているだけじゃなく、操作もしている。首振り式のカメラに限ってだけどね」

縣がいうと、茶屋がふたたび苛立ちをあらわにした。

「そっちはどうなの。刑事さんたちをちゃんと配置したんでしょうね」

「当り前だ。道路工事の作業員にまぎれているのが三人、集配業者をよそおったバンに乗ってこの辺りを流しているのが三人、それに吉野の家からいちばん近いところにあるコンビニにふたり。合計八人が家を遠巻きにして、なにかあったらすぐ飛びだせる態勢を整えている」

茶屋がいった。

「いまいる場所から動かないよう念を押しておいてよね。間違っても吉野さんの家に近づいたりしないでって。相手はおそらくプロの集まりだわ。警官らしい人間がいると気づいたら、すぐに姿を消してしまう」

縣はそういうと、テーブルのうえの携帯をとりあげた。

「どう？　なにか動きがあった」

「いまのところなにもなし。持久戦になるような気がするな」

道《とおる》がいった。

道からつぎに電話が入ったのは一時間後だった。

「女がきた」

「女？　いまなにをしている」

縣が訊いた。

「吉野さんの玄関のドアをしつこくノックしているけど、なかから応答がないんで、あきらめて帰ろうとしているようだ」

道が答えた。

「どんな女」

縣が訊くと、すぐに携帯に写真が送られてきた。ワンピースを着た三十代の女で、どちらかといえば美人の部類だった。

「どうした。なにかあったのか」

茶屋が縣に聞いた。

「女性の訪問者があったみたい。ちょっと話を聞いてくる」

縣は座席から立ち上がった。

「ひとりで大丈夫なのか」

茶屋がいった。

「ご心配なく」

縣は店をでて、吉野の家につづく路地に入った。

ワンピース姿の女がこちらに向かって歩いてきた。

「吉野さん、家のなかからでてこなかったみたいね」

縣が女の目の前で立ち止まっていった。

「あなた、誰」

女は驚いたようだったが、眉をひそめながらも足を止めた。

「警察の人間」

縣がいった。

「警察の人間ですって？　あなた、刑事さんなの」

フランネルの白シャツに裾の広がったロングスカートという縣の服装に不審げな目を向けながら女が尋ねた。

「警察の人間といっても刑事じゃなくて、警察庁からきたんだけどね」

「警察庁？　警察庁の人がこんなところでなにをしているんです。吉野さんになにかあったんですか」

女が尋ねた。

「吉野さんは無事よ。家のなかにいるわ。怖がってでてこないか、眠っているかのどちらか。あなた、名前は」

「有坂優子《ありさかゆうこ》です」

女がいった。

「吉野さんの仕事仲間？」

縣が尋ねた。

「そうですけど、一体何事なんです」

「事情を説明する。そこのファミレスまでいっしょに来てくれない」

「それは良いですけど、あなた本当に警察庁の人なんですか」

女がいった。

「茶屋さんは知ってる？」

縣がいった。

「茶屋さんって、県警本部の茶屋警部のことですか」

「ええ、そう。ファミレスに彼もいるわ」

有坂優子は茶屋の名を聞いて驚いたようだったが、それ以上はなにもいわず、縣のあとをついて歩きだした。

「こちら有坂優子さん。吉野さんの仕事仲間だって」

ファミレスに戻った縣は、有坂を自分の横に座らせて茶屋に紹介した。

「本当に茶屋警部さんがいるなんて、驚いたわ」

向かい側に、ふたり分の席を占領して座っている茶屋の顔を見た有坂がいった。

「吉野となにを調べているんだ」

挨拶のことばもなしで、茶屋がいきなり尋ねた。

「それは、ちょっと」

当然のごとく、有坂がことばをにごした。

「三年前に鞍掛《くらかけ》署という所轄署が交通事故を署ぐるみで隠蔽した事件を追っているんでしょう？」

「どうして知っているんです」

有坂が縣の顔を見た。

「吉野さんから聞いた」

「まさかあなたたちは、わたしたちに記事を書くなって圧力をかけにきたんじゃないでしょうね」

縣と茶屋の顔を交互に見ながら有坂がいった。

「そんなことはしない」

縣がいった。

「あなた、警察庁の人だといいましたよね。それじゃあ鞍掛署の監察にきたんですか」

有坂が縣に尋ねた。

「いずれそうなるかも知れないけど、この市の所轄署の監察に入るとしたら、それは警察庁じゃなくて県警の監察の仕事ね」

県警の監察ということばを縣が口にしたとたん、茶屋の顔色が変わった。

茶屋は一瞬考えこむ顔つきになったが、黙りこんだままなにもいわなかった。茶屋が顔色を変えたのはなぜなのか、縣には見当もつかなかったが、理由を尋ねることはしなかった。

「それなら、あなたたちはなんのためにここにいるんです」

有坂が縣に訊いた。

「吉野さんの家を見張っているの」

縣が答えた。

「どうしてです」

「吉野さんが、きのう正体不明の男たちに襲われたから」

縣がいった。

「襲われた？　なぜです」

「それがわからないから、こうして吉野さんの家を見張っているの。吉野さんも自分がどうして見知らぬ男たちに襲われたかわからないといってるし」

「吉野さんを襲った男たちは捕まえたんですか」

「逃げた」

縣がいった。

「吉野さんが警察に被害届をだしたということですか。だからあなたたちがここにいるんですか」

「いいえ、たまたまわたしがその場に居合わせただけ」

「たまたま居合わせたって、吉野さんはどこで襲われたんです」

「図書館で調べものをしたあと、地下鉄で家まで帰ろうとしたところを見たこともない男に尾行されたんだって。尾行を撒《ま》こうとしてタクシーで街中《まちじゅう》をでたらめに走ったりしたあと、わたしが泊まっている町外れのビジネスホテルに飛びこんできたの。その次の夜に、男たちに襲われたって訳」

縣が説明した。

「吉野さんに怪我は」

「大丈夫。怪我はしていない。だから吉野さんには家に帰ってもらうことにした。吉野さんを襲った男たちが、家にやってくるかも知れないから」

縣がいうと、有坂が眉間にしわを寄せた。

「つまり吉野さんを囮《おとり》にしたということですか」

「そういうこと」

縣はためらいもなくいった。

「吉野さんを襲った男たちが誰なのか、あなたには心当たりがある?」

「いいえ、まったく」

有坂がかぶりを振った。

「きょうはどうして吉野の家にきたんだ」

口をへの字に結んでふたりのやりとりを聞いていた茶屋が、唐突に口をはさんだ。

「調べがどこまで進んだか聞こうと思って訪ねたんです。わたしのほうは行き詰まったままで、調査がまるで進んでいないので」

有坂が答えた。

「もう帰って良いわ。この件が片づくまで吉野さんの家には近づかないで。それと、あなた自身も身辺に気をつけてちょうだい。わたしと茶屋さんは、吉野さんが襲われた理由はあなたたちが調べていることに関係していると思っているの」

縣がいった。

「名刺はあるか」

茶屋がいった。

有坂が茶屋に名刺を渡した。

「なにかあったらすぐに警察に連絡しろ。良いな」

「なにかあったらって、たとえばどんなことです？」

「尾行されているような気がしたとか、誰かに見張られているようだと思ったらすぐに茶屋さんに連絡して。確信なんかなくても良い、気のせいだったとしてもかまわないから」

縣がいった。


道がいった通り持久戦になった。有坂優子を帰したあとも不審者が吉野の家に近づく気配はなく、縣と茶屋はファミレスで徹夜をすることになった。

そしてなにも起きないまま夜が明けた。

「きょうはこれでおしまいにしましょ。刑事さんたちも疲れているでしょうから交代させて。あんたはこれからどうするの？」

早朝は夜勤明けの客が多いせいか、何十席もあるテーブルの半分以上が埋まっている店内で縣は茶屋にいった。

「いったん本部に戻ってまた出直してくる。お前さんはどうするんだ?」

「ホテルに戻って三時間ばかり寝ることにする」

縣はそういって、人目もはばからず大きな欠伸をした。

2

耳障りな音を聞いて二輪《にわ》はふり返った。螺旋《らせん》状に延びたゆるやかなコンクリートの坂を、一台の車が二輪たちが停めている車に向かって登ってくるところだった。

そこは日馬《くさま》が鞍掛署の署長である石長《いしなが》と会った場所だったが、二輪はそんなことを知るよしもなく、頭のなかにあるのは日馬に対する怒りの感情だけだった。

運転席の日馬の顔が見えた。

日馬は二輪たちの車の脇に停車し、エンジンを切った。二輪と相原のふたりは、自分たちが乗っている車を降りると日馬が運転している車のドアを開け、後部座席に乗りこんだ。

「百武《ひゃくたけ》が死んだ。あんたが殺させたのか」

車に乗りこむなり、二輪が日馬の背中に向かって怒鳴りつけた。

「危険はとり除かなければなりませんから」

前方を向いてハンドルに手を置いた日馬が、背中を向けたままでいった。

「おれは、百武があんたたちのことを調べているらしいから気をつけろと警告しただけだ。三年前の事故をもみ消したとき、あんたと石長とのあいだで裏取引があったことを知っていたからな。それだけのことで、殺せなどとはひと言もいっていない」

「どうすべきかの判断を下すのはあなたではなく、わたしです」

日馬がいった。

「ふざけるな。ひとつ釜の飯を食った仲間が殺されたら、警察がどれだけ本気になってとり組んでくるか、あんたにはわからないのか」

「百武は同僚たちから白眼視されていたのではなかったですか」

「それでも百武が刑事であることには変わりない。もうあんたたちにはつきあい切れん。二度とおれたちに連絡しないでくれ。今日限り赤の他人だ。良いな」

二輪がいった。

「そうはいきません。あなたたちにはいままで大金を支払ってきたのですから」

「報酬分の仕事はしたはずだ。おれたちがいたからこそあんたの会社もここまで大きくなったのじゃないか」

二輪がいった。

日馬は前方のコンクリートの壁に目を向けたまま、微動だにしなかった。

両者とも口を閉じ、沈黙がつづいた。

「わかりました」

やがて日馬がいった。

「条件がひとつあります。最後にひとつだけ仕事をお願いします。それが済めば、お互い後腐れなく関係は解消ということにしましょう」

「仕事というのはなんだ」

二輪が訊いた。

「吉野を家から連れだして欲しいのです。あなたは警察の人間ですから、外へ連れだす口実ならいくらでもでっちあげられるはずです」

「吉野も殺すつもりなのか」

二輪がいった。

「それは、あなたたちとはまったく無関係のことです」

「無関係といわれても、そう易々《やすやす》と信用することはできんな。おれたちを罠に嵌めるつもりではないという保証がどこにある」

「わたしが指定する場所へ吉野を連れてきてくれるだけで良いのです。あなたたちは吉野を車から降ろしたら、すぐに立ち去ってくれれば良い。あとのことはわれわれがやりますから」

「指定する場所というのはどこだ」

「たとえば、ここではどうです」

日馬がいった。

「この駐車場か」

「ええ」

日馬がうなずいた。

「ここまで連れてくるだけで良いんだな。時間は」

「あなたたちの都合の良い時間でけっこうです。決まったらわたしに時刻を教えてください。ここでお待ちしていますから」

日馬がいった。

「よし、わかった。それだけなら雑作もないことだ。良いな、本当にこれが最後だぞ」

二輪と相原が車を降りた。

日馬はエンジンをかけ、いったんバックしてからハンドルを大きく切り返して車の向きを変えると、登ってきた傾斜路をゆっくりと下っていった。

3

縣がファミレスに戻ったのは、午後二時だった。

昼食の時間帯が過ぎて店は空いていた。

茶屋はまだきていなかった。茶屋がいないのを幸い、縣は携帯をとりだして道に電話をかけた。

「はい」

道の活気に満ちた声が返ってきた。

徹夜がつづいているのにどうしたのかと不思議に思っていると、電話口の向こうから大勢の人間のざわめきばかりか甲高い女性の笑い声まで聞こえてきた。

「そこに誰かいるの？」

縣は道にいった。

「うん。なにしろ見張っていなきゃならないモニターが多すぎるんで友達を呼んだんだ」

「まさか。その部屋に一般人を入れたの？」

「そうだけど、いけなかった？」

「当り前でしょう。そこは警視庁のなかでも機密扱いになってる部屋なのよ」

「じゃあ、帰ってもらう？」

「もう遅いわ」

縣はいった。道の友達といえばプロのハッカー仲間に決まっていた。

「まあ、良いわ。くれぐれも建物のなかをうろうろ歩きまわらせないでよ。見つかったら即逮捕だからね」

「了解」

道がいった。

「ひとつ調べてもらいたいことがあるの」

「なに」

道が聞いた。

「県警の警務部の人事ファイルが見たいの。とくに監察係の人間の名前と写真も欲しい」

「了解」

「大至急でお願い」

縣はそれだけいって電話を切った。

県警の監察ということばを聞いて顔色を変えた茶屋のことがどうしても気になって仕方がなかった。

茶屋が店に入ってきたのは一時間後だったが、そのときには頼んだファイルはすべて携帯のなかにおさまっていた。

縣の向かいの席に音を立てて座った茶屋は、朝とは違うスーツを身に着けていた。

「衣装持ちだね。一体スーツを何着もってるの」

「お前さんには関係がない」

茶屋がぶっきらぼうに答えた。

「そんなにおしゃれさんなのに、女とは縁がないんだね」

「なんだと」

「だって、あんた独身でしょ」

「大きなお世話だ」

「結婚するつもりがないの。それともゲイかなにか？」

「好い加減にしないと、二度と口がきけないようにしてやるぞ」

茶屋がすごみを利かせていった。

縣が舌先をつきだして肩をすくめてみせたとき、道からの電話が入った。

「なに」

「男がふたりきた。ドアの隙間から顔をだした吉野に警察手帳のようなものを見せている」

「警察手帳ですって？　写真を送って」

縣が道にいった。

「吉野さんの家に誰か送った？」

携帯を手にしたまま縣が茶屋に訊いた。

「そんなことはしていない」

茶屋が答えた。

写真が送られてきた。画面にはつい先ほど人事ファイルで見たばかりの男の顔が映っていた。

縣は吉野の携帯を呼びだした。吉野はすぐに電話にでた。

「誰かきたみたいね」

縣が吉野に尋ねた。

「ええ、警察の人です。聞きたいことがあるから県警本部まできてくれと。鵜飼さんが寄こした人なんですか」

吉野が尋ねた。

「いまはくわしく説明している暇はないの。しばらくのあいだだけおとなしく男のいうことにしたがって。昨日わたしが渡した携帯をもっているわね」

「はい」

「それをポケットに入れてもっていって。電源を入れて通話モードにしておいてちょうだい。良いわね」

そういって縣は電話を切った。同時に道から電話が入った。

「吉野が外にでてきた。男たちの車に乗ってどこかにでかけるみたいだ」

「わかってる。わたしの予備の携帯をもたせたから、跡を追って」

「了解」

道が電話を切った。

「おい、どうした。なにかあったのか」

向かいに座っている茶屋が縣に訊いた。

「吉野さんの家に警察がきた」

「警察だと」

「この男に見覚えはある？」

携帯の画面を茶屋に向けて縣が訊いた。

写真を見たとたん茶屋が血相を変えた。

「待って」

腰を浮かそうとした茶屋に向かって縣がいった。

「おれのやることにいちいち口をだすな。お前さんはこの町のことなどなにも知らんのだからな」

制止を聞こうともせず、茶屋が立ち上がった。

「警務部人事一課監察室二輪剛《つよし》」

縣が携帯に視線を向けたままいった。茶屋が足を止め、縣を見下ろした。

「吉野の家にきたもうひとりは、二輪の部下の相原均《ひとし》」

「どうして知っている」

「良いから、席に戻って。二輪たちは吉野さんをどこかに連れて行くつもりらしい。あんたは勇ましく飛びだしていって二輪たちを締め上げるつもりでしょうけど、そんなことをしたってなんにもならない。吉野さんをどこに連れて行く気か、まずそれをたしかめましょう。二輪たちを締め上げるのはそれからでも遅くない」

茶屋は無言でしばらく縣の頭頂部をにらみつけていたが、やがて大きく息を吐きだすと席に戻った。

「刑事さんが乗ったバンを吉野さんの家の路地の入口に配置して。そこから二輪たちの車がでてくるはず。それから車は一台だけじゃ足りない。近くの所轄署からでもなんでも良いから大至急車をかき集めて。もちろんパトカーは駄目。覆面パトカーもよ。相手は警察の人間だから、警察車輌であることをすぐに見抜く。刑事さんが私用で使っている自家用車を集めて。ほら、ぼやぼやしないで」

縣が茶屋の顔の前で手を叩いた。

茶屋はたったいま目が覚めたかのように、いわれるまま電話をかけ始めた。茶屋が携帯を握ると、マッチ箱ほどの大きさにしか見えなかった。

道から電話がかかった。

「車が県道にでた。西に向かってる」

「地図を送って」

縣の携帯に吉野の自宅付近の地図が送られてきた。

「二輪の車が県道にでた。一四五号線よ。一台は刑事さんたちのバンのあとについて走って。残りの車は県道沿いの適当な場所に待機させて」

茶屋が電話をかけようとした。

「一斉メールで送信したほうが早いんじゃない？」

縣がいった。

「メールは打たん」

そういった茶屋の顔がほんの少し赤く染まったように見えた。

「それから、これを全員の携帯に送って」

「なんだ、これは」

携帯の画面を見た茶屋が縣に聞いた。

「吉野さんの写真よ。この先なにが起こるかわからないから、刑事さんたちに吉野さんの顔だけ確認しておいてもらいたいの」

「わかった」

「二輪と相原の写真も送ったほうが良い？」

「その必要はないだろう。顔を見ればわかるはずだ」

茶屋がいった。

縣はもう一度地図を見た。二輪の車の一キロほど先に同じ県道の二七六号線とぶつかる交差点があった。

「どう。バンの後ろについた？」

茶屋に尋ねた。

「まだだ。もう少し待て」

茶屋が電話を耳に当てながら縣に向かっていった。

「写真は送った？」

「まだだ。待てといったろう」

「一キロ先に交差点がある。そこでバンは道を逸れてちょうだい。後を後続の車に引き継がせて」

縣がいった。

道からまた電話が入った。

「交差点を通過した。まっすぐ走ってる」

「この先になにがある？」

携帯の地図の交差点を指さして、縣が茶屋に尋ねた。

「神社に小学校、それに公民館がある」

茶屋が答えた。

「小学校に公民館か。おそらくどれも二輪たちの行き先じゃないわね。その先は」

「五分ほどで国道にでる」

「二輪たちは国道にでるつもりね。吉野さんの写真は送った？」

「送った」

「車は何台ある？」

「六台だ」

所轄署の刑事の私用車を運転手つきで、あっという間に六台も集めた茶屋の辣腕ぶりに縣は内心で舌を巻いた。ふだんからただただ辺りかまわず威張り散らしているだけの人間ではないらしいことがよくわかった。

「全部の車に、尾行している車の後ろにつくようにいって」

縣が茶屋にいった。

「三人は車のなかでなにか話している？」

道に訊いた。

「いや、なにも話していない。無言で車を走らせてる」

道が答えた。

「どう？　尾行している車の後ろについた？」

縣が茶屋に尋ねた。

「ああ、なんとかな」

「交差点に行き当るごとに先頭の車は道を外れて」

「そこまでする必要があるのか」

茶屋がいった。

「勘づかれたらおしまいよ。念には念を入れるの。尾行から外れるといってもあまり遠くへは行かないで。別の道を並走して走るようにいって」

縣がいった。

「車が国道にでて高架のハイウェイに乗った。どうやら町の中心部に向かっているようだ」

道がいった。

縣がそれを伝えると、茶屋は五分ほどのあいだ、つぎからつぎへと尾行している車を運転している刑事たちに忙しく電話をかけつづけた。

「車がハイウェイを降りた。オフィス街に向かってる」

道がいった。

「付近の地図を送って」

「了解」

「二輪たちがハイウェイを降りた。尾行から外れた車をオフィス街に集めて」

縣が茶屋にいった。茶屋は携帯を耳に当てたまま、矢継ぎ早の指示に怒ったような顔で縣にうなずいた。

道から地図が送られてきた。縣は携帯の画面を見つめた。銀行や企業の持ちビルばかりで、二輪たちの目的地がどこなのか見当もつかなかった。

「立体駐車場に入った」

道がいった。

「どこ？」

「八尾《はちお》・ミュニシバーグ銀行の五十メートルほど先」

縣は携帯の地図に目を落とした。道のいった通り銀行があり、その先に立体駐車場があった。

「その……」

「わかってるよ。防犯カメラだろ？」

縣が言いかけるのをさえぎって道がいった。

「車はもう駐車場のなかに入ったんでしょう。時間がないけどなんとかなる？」

「こういうことを大の得意にしている助っ人が大勢そろっているんだ。大丈夫だよ」

道がいった。

「二輪たちが駐車場に入った。大崎町《おおさきちょう》の立体駐車場よ。車を近くに待機させて」

「そこなら知っている」

茶屋がいった。

「高層ビルみたいな駐車場で地下三階、地上は十一階だったか十二階だったか、とにかく広くて高い。なかに入らなくて良いのか」

茶屋が縣にいった。

「なかの様子は隅から隅まで防犯カメラで見られる」

縣がいった。

「本当か」

「車はいまどこ？」

茶屋に向かってうなずきながら、縣は道にいった。

「最上階まで登った。誰かいる。どうやら車の到着を待っているようだ」

「防犯カメラは？」

「映像をいま送る」

映像がきた。

車が百台以上駐められそうな広い駐車場には半分ほど空きがあり、突き当たりに男がふたり立っていた。

スーツ姿の大柄な男で、ビジネスホテルで吉野を襲った男たちの同類に違いないとひと目でわかる風貌だった。

「誰かわかる？」

縣は念のため茶屋に携帯の画面を見せた。

「初めて見る顔だ」

しばらく画面を見つめてから茶屋がいった。

「車が男たちの前で停まった。車から吉野さんともうふたり降りてきた」

道がいった。

「おっと」

道が声を上げた。

「なに？」

「揉め事が起こったみたいだ」

縣は携帯の画面を見た。男同士が吉野をはさんで揉み合っていた。

「音をだして」

縣が道にいった。

縣は携帯をテーブルの真ん中に置き、茶屋にも画像が見えるようにした。

茶屋が身を乗りだして携帯の小さな画面をのぞきこんだ。携帯から駐車場のなかの音声が聞こえてきた。

「日馬はどこだ」

「わたしたちが代理です。その男をこっちへ渡してください」

「約束が違う。この男は連れて帰る」

茶屋と縣は携帯から顔を上げ、たがいの顔を見合わせた。

「どうやらここまでね。乱闘でもはじまったら大変。吉野さんが怪我をする前にこの四人を捕まえましょう」

「よし」

茶屋が待ってましたとばかりにうなずいて、自分の携帯を耳に当てた。

「駐車場に突入しろ。最上階だ。吉野のほかに男が四人いる。全員の身柄を確保しろ」

縣は携帯の画面を見つめた。

駐車場の傾斜路を一台、二台、三台と数台の車がタイヤから煙が上がるほどの速度で駆け上がってくるのが見えた。

車の爆音に驚いてふり返ったスーツ姿の二人組の男が、数台の車が自分たちのほうに向かってくるのを見ると、つかんでいた吉野の手を離して自分たちの車に乗りこみエンジンをかけた。

二輪と相原のふたりは、男たちの車が急発進し、傾斜路を登ってきたうちの何台かがあわてて車の向きを変え後を追いかけはじめたあとも、なにが起こったのかわからない様子で吉野とともにその場に立ちつくしていた。

二輪たちの目の前で停まった車から刑事たちが降りてきた。

「監察の二輪さんです。どうしたら良いでしょうか」

二輪たちの前に立った刑事のひとりが、携帯をとりだして茶屋に尋ねる声が縣にも聞こえてきた。

「逮捕しろ。成人男子を車に監禁して連れまわした容疑だ」

茶屋が刑事にいった。

抵抗する二輪たちを抑えつけて手錠をかけ、吉野とともに車に乗せる映像が携帯の画面に映しだされた。

「あとは逃げた車ね。捕まえられれば良いんだけど」

縣がいった。

「大丈夫だ。逃がしはせん」

茶屋がいった。

縣は思わず身を固くして、男たちを捕まえたという報告が茶屋の携帯に入るのを待ちかまえた。

茶屋も押し黙り、沈黙がつづいた。

茶屋の携帯に電話がかかってきたのは十分後だった。

「どうした」

電話をかけてきたのは男たちの車を追跡していた刑事のひとりらしかった。

「なんだと」

しばらくのあいだ刑事の言い分に黙って耳を傾けていた茶屋がとつぜん大声を上げた。

「馬鹿野郎、車を降りて走ってでも追いかけろ」

茶屋が電話の相手を怒鳴りつけた。

「どうしたの」

縣は、怒りで顔を真っ赤にした茶屋に訊いた。

「見失ったそうだ」

「どうして」

「車が割りこんできて進路を妨害された」

茶屋がいった。

「割りこんできたって、迂回すれば済むことじゃない」

「二、三十トンはありそうな大型のクレーン車に完全に道をふさがれて、迂回しようとしてもできないそうだ」

茶屋がいった。

「やられたわね。あの男たちがどこかに連絡して、クレーン車を用意させたんだわ。クレーン車の運転手は？」

「身軽な男で、あっという間にどこかへ消えてしまったらしい」

茶屋が歯がみしながらいった。

4

茶屋と二輪は県警本部五階の小会議室にいた。茶屋は八人がけのテーブルの入口に近い席に座り、手錠をはずされた二輪は奥の窓際の席に座っていた。

「いつまでおれをこんなところに閉じこめておくつもりだ。おれになにかの嫌疑でもかかっているのか。拘束する理由をいわないなら自分の課に帰らせてもらうぞ」

「まあ、そういきり立つな。いまコーヒーでももってこさせるから、もうしばらくつきあってくれ」

椅子から立ち上がろうとした二輪を、茶屋は満面の笑みを浮かべながら手で制した。

「おれに手錠をかけたことを忘れるなよ。この礼はきっとするからな」

茶屋をにらみつけながら、二輪が椅子に座り直した。

そのときドアが開き、ふたりの人間が入ってきた。

「これは、部長」

二輪が飛び跳ねるように椅子から立ち上がり、直立不動の姿勢をとった。

刑事部長の岩倉《いわくら》は見知らぬ若い女を背後に従えていた。

女はショートカットの金髪の鬘《かつら》にベレー帽をかぶり、上半身はシャツにベスト、下半身は金色の縦縞の入った黒のパンツという出で立ちだった。

流行《はや》りのコスプレというやつなのだろうか。どこかの署で一日署長を務めることになったテレビタレントかなにかを連れてきたらしいが、それにしても女が手にしているノートパソコンはなんのためなのだろうと二輪が目をすがめて女を見つめた。

岩倉が女を前に押しだすようにしながら口を開いた。

「こちら警察庁からいらした鵜飼さんだ」

「警察庁？」

二輪は思わず、まさかご冗談でしょうと口にだしそうになるのをとっさにこらえた。

「それじゃ茶屋君、後は頼んだよ」

岩倉は茶屋に一言声をかけると、そのまま戸口から廊下へでて行ってしまった。会議室には二輪と茶屋、それに正体不明の女の三人だけになった。

女が茶屋の横に腰を下ろし、ノートパソコンを机のうえに置いた。茶屋とは顔見知りらしく、ふたりは互いに挨拶のことばを口にしないばかりか目も合わそうとしなかった。

「この女は一体誰なんだ」

二輪が茶屋に向かっていった。

「いま刑事部長がわざわざ紹介してくださったじゃないか。警察庁の鵜飼さんだよ」

茶屋がいった。

「悪ふざけもたいがいにしろ。不当逮捕したうえに、下らん茶番劇でおれを笑い者にするつもりなのか。おい、そこの女。さっさとここからでていけ。ここは遊園地ではないんだぞ」

縣に指を突きつけながら二輪がいった。

「言葉遣いには気をつけたほうが良いぞ。なにしろおれたちはぺいぺいの警部だが、この方は警視だからな」

茶屋が口元に薄笑いを浮かべながらいった。

「ふざけるな。こんな女が警察庁の人間の訳がない」

二輪がいった。

「れっきとした警察庁の監察官様だよ」

茶屋がいった。

「監察官だと？」

それは一体なんのことだというように二輪が顔をしかめた。

「ああ、東京からうちの人事課の監察にいらしたんだ。つまり、お前たちのことだよ」

縣の顔を見つめていた二輪の目が驚愕のために見開かれた。

「おじさん、なにをごちゃごちゃいってんの。取り調べをはじめるよ」

縣が口を開いた。

おじさんだと？　二輪は自分の耳を疑った。このコスプレ女はいまこのおれをおじさん呼ばわりした。

「一体なんの取り調べだ」

二輪が縣を怒鳴りつけるような大声でいった。

「あれ？　まだいってないの」

縣が茶屋に尋ねた。

「ああ、後のお楽しみにとっておこうと思ってな」

茶屋が答えた。

「こういうときって、被疑者にきちんと逮捕容疑を告げてからはじめなければいけないんだっけ」

「そこら辺はなんとなくというか、阿吽《あうん》の呼吸というやつで良いんじゃないか」

「そうなの。じゃあそうしよう。ところでこの人の容疑はなに？」

「吉野を車で連れまわした容疑だ」

「それって罪になるの」

「なにをいっている。お前さんは法律を知らんのか。立派な犯罪だ。逮捕・監禁罪だからな」

茶屋がいった。

「じゃあ、それで行こう」

縣がいって、二輪に向き直った。

「おじさんには逮捕・監禁罪の容疑がかかってる。わかった？　じゃ、取り調べをはじめるよ」

「おじさん呼ばわりは止めろ。おれにはちゃんと名前がある」

二輪がいった。

「『おじさん』が気に障った？　意外に神経質なんだね。良いよ。じゃあ二輪さん、吉野さんの家に行ったのはなぜ」

「吉野？　一体誰のことだ」

「知らないの？　吉野智宏《ともひろ》さん。フリーのジャーナリスト」

「知らん。そんな名前は聞いたこともない」

二輪がいった。

縣がベストのポケットから携帯をとりだし、机のうえに置いた。

「これ、吉野さんの携帯。録音機能もついてるの」

縣が携帯のスイッチを押すと、音声が流れた。

〈吉野智宏か〉

〈そうですけど、なにか〉

〈警察の者だが、話がある。ほんの二、三十分で済むからいっしょに来てくれないか〉

縣がもう一度スイッチを押し、音声を止めた。

「これでも吉野さんを知らない？」

「知らん。これはおれの声じゃない」

二輪がいった。

縣は表情も変えずにふたたびベストのポケットに手を突っこむと、今度は一枚の写真をとりだしてテーブルの中央に置いた。

写真は、玄関先でことばを交わしている吉野と二輪、二輪とならんで立っている相原を撮影したものだった。

二輪はそっぽを向いて、写真を見ようともしなかった。

「ちゃんと見て」

縣がいった。二輪は横を向いたまま動こうとしなかった。

「おい、写真を見ろといっているんだ」

茶屋が二輪をどやしつけた。

二輪がしぶしぶ向き直って写真を見た。

「どう？　これもおじさんじゃないって言い張るつもり」

「わかった」

「なにがわかったの」

「これはおれだ」

二輪がいった。

「じゃあ、あらためて訊くよ。吉野さんの家に行ったのはなぜ」

縣が訊いた。

「こいつは警察をネタにした記事を書いて飯を食っている男だ。あんまりでたらめなことばかり書くのでちょっと釘を刺しに行ったんだ」

「なるほど。釘を刺しに、ね。吉野さんを家から呼びだして、一体どこに連れて行くつもりだったの」

「決まっている。警察だよ、ここだ」

そこまでいったとき二輪がとつぜん口をつぐんだ。

「待て、待て。こんな取り調べは納得できん。おい、女。本当に警察庁の人間なら身分証明書を見せろ」

ふたたび縣に指を突きつけながら二輪がいった。

縣は仕方がないわねというように小さく首をふりながら、パンツの尻ポケットから身分証明書をとりだして二輪に見せた。

身分証を見て二輪が目を丸くする様子を茶屋が横合いから相変わらずにやにや笑いを浮かべて眺めていた。

「どう？　納得した」

縣が尋ね、二輪が力なくうなずいた。

「じゃあ、あらためて訊くよ。おじさんは吉野さんを県警本部に連れて行くつもりだったといったけど、おじさんが捕まったのは県警本部とは正反対の方角にある駐車場だった。これはどうして」

「少しばかり寄り道をしただけだ」

二輪がいった。声が一段低く小さくなっていた。

「うん、なに？　聞こえないんだけど」

「寄り道をしただけだといったんだ」

「なんのために寄り道なんかしたの」

「そんなことは一々覚えちゃいない」

「日馬って人は誰？」

縣がいった。

二輪の顔色が一瞬で変わり、身をこわばらせたのがわかった。

「日馬だと。そんな名前は聞いたこともない」

「あ、そう」

縣は机のうえに置いたノートパソコンを開いて画面を二輪のほうに向けた。

キーボードを操作すると、画面に動画と音声が流れだした。

ふたりの男たちの前で車が停まり、なかから二輪と相原、それに吉野の三人が降りてきた。

〈日馬はどこだ〉

〈わたしたちが代理です。その男をこっちへ渡してください〉

〈約束が違う。この男は連れて帰る〉

直後に吉野をはさんで四人の男たちの揉み合いがはじまった。

縣がキーを叩き、動画を止めた。

「どう？」

「知らん。おれはなにも知らん」

二輪がふたたび横を向いた。

縣は隣りの茶屋を見た。

「知らないって。どうしよう」

「仕方がない。容疑をあっちに切り替えるしかないな」

茶屋が腕を組み、これ見よがしに太い息を吐きだした。

「え、あっちに？」

「あっちに、だ」

「あっちはまずいでしょ」

「自業自得だ」

「でも、いくらなんでもあっちは」

「この男が口を割らないのでは、そうするよりほかに手はないだろう」

「でもそれじゃあ、このおじさんだけじゃなく県警にも大きな傷がつくことになるよ」

「それも致し方ない」

「おい、なにをこそこそ話しているんだ」

声をひそめたふたりの会話をなんとか聞きとろうとしてテーブルの端で耳をそばだてていた二輪がこらえきれなくなったようにいった。

「しっ、黙って。いま大事な相談をしているところだから」

縣が二輪に向かって人差し指を立てた。

「本当にあっちで良いの？」

茶屋に向き直って縣がいった。

「ああ、あっちだ」

腕組みをしたまま茶屋がうなずいた。

「それにしても殺人罪は」

「いったろう。自業自得だ」

「ちょっと、待て。一体なんの話をしている」

二輪が声を張り上げた。

茶屋が縣から視線をはずして、二輪を正面から見つめた。

「聞こえなかったのか。殺人罪だといったんだ」

「殺人罪？　おれが人を殺したとでもいうのか。おれは誰も殺してなどいないぞ」

二輪がいった。

「いや、お前は人を殺した」

「でたらめだ。おれが一体誰を殺したというんだ」

「百武だよ。お前には百武を殺した嫌疑がかかっているんだ」

「そんな」

二輪が絶句した。

「そんな、なんだ」

茶屋がいった。

「馬鹿馬鹿し過ぎて話にならん」

「ほう、そうか。百武は知っているな」

茶屋が訊いた。

二輪は答えなかった。

「百武を知っているかどうか聞いているんだ」

「去年所轄署に左遷された刑事だろう。それくらいは知っている。人事考課がおれたちの仕事だからな」

「所轄署というのはどこだ」

「そんなこと一々覚えているものか。どこかの小規模署だ」

「覚えていないことが多いな。病院で診てもらったほうが良いぞ。鞍掛署だよ」

茶屋がいった。

「どうだ、思いだしたか」

「そういえば、そんな所轄署だった気がするが」

二輪がいった。

「お前は百武を使って鞍掛署に探りを入れさせていた。百武には署長の石長の違法行為の証拠をつかむためだと説明していたが、実は違う。本当の目的は、鞍掛署の内情をあれこれ詮索する者がいないか百武に洗いださせるつもりだった。お前はずいぶん前から石長に抱きこまれていたからな」

茶屋は思いつきの推理を口にした。

「でたらめだ」

二輪がいった。

「でたらめなんかじゃない。お前の行動が逐一見張られていたことに気づかなかったのか。お前はずっとおれたちの監視下にあったんだよ」

茶屋がいった。

「監視？　おれを監視する理由などどこにある」

「お前が百武に声をかけた日からだよ。県警本部に戻すのと引き替えに、お前が百武をスパイに仕立て上げたという話をおれは相原から直接聞いているんだ。嘘だと思うなら相原に訊いてみろ」

「はったりだ。そんなはずがない」

「はったりだと思うか。さっきのこのお嬢さんの手際を見なかったのか。以前からお前を監視していなければ、右から左にお前や相原の写真や動画がつぎからつぎへとでてくる訳がないだろう。試しに何月何日の何時何分か好きな時間をいってみろ。その時刻のお前の監視映像をすぐにここにだしてやる」

茶屋が縣のノートパソコンの画面を指さしながら、今度こそはったりを口にした。

二輪の顔から血の気が引き、蒼白になった。

「百武が殺された前日の夜、お前は百武と会っていた。そこで百武はお前にあることを話した。それは署長の石長だけではなく、お前にも捜査の手が伸びてもおかしくない危険な話だった。お前はその話が外に洩れないようにするために百武の口をふさぐしかなかった」

茶屋がいった。

「あることだと？」

青ざめた二輪が口をゆがめて嘲るような笑いを浮かべた。

「あることというのはどんな話だ。そんな与太話でおれをひっかけようとしても無駄だ。あんたはなにも知っちゃいない」

「あることというのがどんな話なのか聞きたいか」

茶屋がいった。

「ああ、知っているのならいってみろ」

「三年前、鞍掛署の管轄内で起きた交通事故の話だよ。車の衝突事故で人ひとり死んだにもかかわらず、石長は車の単独事故だと発表しただけで、実際の衝突事故を隠蔽した。それだけじゃない。石長は加害者を逮捕どころか勾留さえせずに放免した。どうだ？　これでもおれがなんにも知らないと思うか」

茶屋がいった。

二輪が唇を噛んだ。

「正直に話せば殺人の容疑はとり下げてやる。どうだ、しゃべる気になったか」

「おれは殺していない」

二輪が机のうえに視線を落とし、つぶやいた。

「日馬というのは誰だ」

茶屋がいった。

「おれは関係ない。日馬が勝手にやったことだ」

「日馬というのは誰なのかいえ」

茶屋がいった。

二輪が青ざめた顔を上げた。

「おれは関係ない。日馬が勝手にやったことなんだ」

二輪がくり返した。

「わかっているよ。百武から聞いた話をお前が日馬に話し、お前から話を聞いた日馬が百武を殺した。そうだろう？　お前に人を殺せるほどの度胸はないからな」

「その通りだ」

「日馬というのはどこの誰だ」

「『愛宕セキュリティー・コンサルタント』という会社の社長だ」

「それはなんの会社だ」

「企業向けのサイバーセキュリティー対策を専門にしている会社だが、警備員や個人向けのボディーガードの派遣もしている」

「能判官古代とその会社の関係は」

「ノージョーコダイ？」

二輪が怪訝な表情で茶屋を見た。

「三年前に事故を起こした加害者だよ」

「ああ、そうだった。その男と日馬がどんな関係なのかは知らない。ただ、三年前人身事故を起こしたその男を無罪放免にするために石長と裏取引したのが日馬だったことだけは知っている」

「裏取引というのはどんな取引だ」

「日馬の会社が契約先の企業から盗んだ情報を石長に渡し、それを利用して石長は県警本部や大規模署の既得権益になっていた天下り先を切り崩して鞍掛署のものにする。その代わりに署員は石長のいうなりに動く。もちろん裏で指示をだしているのは日馬だがな」

「鞍掛署は最近、署員総出で人捜しをしているんじゃない？」

それまでふたりの話に黙って耳を傾けていた縣が唐突に口を開いて二輪に尋ねた。

「人捜し？　それは知らんが、鞍掛署の制服警官や刑事までもが県警本部に報告もせずに怪しげな動きをしているのはたしかだ。四日前、百武がおれに電話をしてきたのもおそらくそのためだ」

「そうか、わかった。石長の手足になって働いている人間は誰だ。そいつらの名前を教えろ」

茶屋がいった。

「手足？」

二輪が聞き返した。

「石長のいうことならなんでも聞く忠犬だよ。そういう人間を石長は鞍掛署のなかにかならず飼っているはずだ」

「それなら木村と中村だ。刑事だが暴走族上がりで、荒っぽい仕事を一手に引き受けている」

二輪がいった。

「そいつらはお前と石長の関係を知っているのか」

「いや、知らないはずだ」

二輪がかぶりを振った。

茶屋は隣りの縣に顔を向けた。

「どうだ。ほかに聞いておくことがあるか」

「いまのところはこれで十分」

縣がいった。

5

その夜茶屋が木村と中村を見つけたのは、金融街から少し離れた瀟洒な造りのホテルのなかにあるバーだった。

ふたりがよくそこで飲んでいると二輪に教えられて足を延ばしたのだったが、ホテルは鞍掛署の管轄外の地区にあるばかりか、銅製のプレートが嵌めこまれたドアは、入口からして安月給の刑事が酒を飲むには場違いな店に思えた。

ドアを開けてなかに入ると、磨きこまれた重厚な一枚板のカウンターが目に入った。床も板張りで、四人がけのボックス席が入口と窓際、それにもうひとつ中央にあった。木村と中村はカウンターのいちばん奥でふたりならんで座っていて、都合の良いことに店内にはほかに客はいなかった。

茶屋は店内を横切って、奥のカウンターの手前に座っている木村の隣りに腰を下ろした。スツールは革張りで低い背もたれまでついており、巨体の茶屋が座ってもまだ十分ゆとりがあった。

「なんだ、お前……」

気配を感じてふり向いた木村が、茶屋の顔を見てことばを飲みこんだ。

「茶屋さん」

木村が思わず茶屋の名を呼ぶと、奥に座っていた中村も驚いたようにふり返った。

「おれの顔を知っているのか」

茶屋がいった。

「それはもちろん……」

「それは感心だ。どうだ、仕事は順調か」

「はあ、まあ」

木村がいった。

「いっしょに飲んでもかまわんか」

「え？」

「この頃ウィスキーに凝りだしてな。どこかに良いバーがないか探していたんだ。お前たちがいてくれて助かったよ」

「はあ……」

「おい、バーテン。おれにウィスキーを。シングルモルトが良い。そうだな、アイルランド・パークだ。アイルランド・パークをくれ」

カウンターの端にいたバーテンダーが茶屋の前に歩み寄り、無言で茶屋の隣りの木村の顔をうかがった。

木村は顔の前の蠅を払うような仕草をして、この男のいう通りにしろとバーテンダーに伝えた。木村の隣りに座っている中村は口を開けて茶屋を見つめたまま固まってしまったかのように身動きひとつしなかった。

「ハイランド・パークでよろしいでしょうか」

バーテンダーが茶屋に訊いた。

「おお、そうだ。それ、それ。ハイランド・パークだった。そいつをくれ。この店にあるいちばんの年代物をな。勘定はこいつらのつけだ」

「かしこまりました」

バーテンダーが頭を下げた。

「仕事といえば、最近はどんな事件を追いかけているんだ」

茶屋が木村に尋ねた。

「事件、ですか」

「お前たち、腕っ節も強いうえに頭も切れるともっぱらの評判だぞ。そんな腕利きの刑事さんがふたりもそろっているんだ。さぞやむずかしい事件を追っているんじゃないのか」

「まあ、いろいろと……」

木村がいった。

「ずいぶん忙しいらしいな。お前たちが目の色を変えて人を捜しているらしいともっぱらの噂だぞ。よほど大きな事件の容疑者なんだろうな」

茶屋がいった。

バーテンダーが茶屋の前にコースターとグラスを置いた。

茶屋はグラスをもちあげて、一口飲んだ。

「おお、うまいな。こたえられん」

「あの、わたしたちになにかお話でもあるのでしょうか」

木村がおずおずと尋ねた。

「だから、お前たちがいまとりかかっている大事件のことだよ。署員総がかりで容疑者を追いかけているんだろう?」

茶屋がいった。

「いや、決してそんなことは……」

「四日前の深夜、松原町の交差点付近に十台以上のパトカーが駆けつけたらしいじゃないか。ひき逃げや喧嘩騒ぎがあった訳でも近所でひったくりがあった訳でもない。おまけにパトカーはお前たちの署のものだけで、近くの署からの応援はもちろん本部のパトカーすら一台もなかった。鞍掛署の制服警官たちだけが雨のなか一晩中誰かを捜しまわっていたという話だ」

「そうですか。そんなことがあったのはまったく知りませんでした」

木村がいった。

「知らんのか。それは意外だな。じゃあ、もうひとつ話を聞かせてやる。その日の昼間のことだが、明石堀《あかしぼり》にある現代美術館で騒ぎがあった。ふたりの男が白髪頭の年寄りを追いかけまわしていたらしい。それも知らんか」

「知りません」

木村が落ち着かなげにスツールのうえで身をよじらせた。

「ほう、知らんか。おれの部下をさっき美術館に行かせて防犯ビデオをたしかめさせたんだが、人混みを押し退けて館内中を走りまわっていたのは、鞍掛署の木村と中村という刑事だったそうだがな。どうだ、木村と中村という名前に心当たりはないか」

「それは……」

「心当たりがあるのか」

「はい」

木村が口のなかでつぶやいた。

「うん？　聞こえんぞ」

「わたしたちです」

「お前たちが追いかけまわしていた年寄りは一体誰なんだ」

茶屋が訊いた。

「それは」

「はっきりしろ。お前たちは誰を追いかけていたんだ」

「わかりません」

木村がいった。

「なにがわからんのだ」

「自分たちが追っていた人間が誰なのかわからないということです」

木村がいった。

「お前が話している相手が誰なのかを忘れるなよ。このつぎおれを馬鹿にするような口を利いたらただじゃ済まんぞ」

「本当です。自分たちはあの年寄りが誰なのか知らないんです」

「誰なのかもわからずに追いかけていたというのか」

木村の顔をのぞきこむようにして茶屋がいった。

「はい」

「そんな馬鹿げた話をおれに信じろというのか」

カウンターのうえに置いていた木村の右手の拳に茶屋は自分の左手を重ねると、力をこめて握りしめた。

「本当なんです。自分たちはあの年寄りの名前さえ知りません。年齢は七、八十歳で身長百五十センチ前後の白髪頭の年寄りを捜せといわれただけなんです」

木村が顔を引きつらせながらいった。

「どこの誰かも知らされていないというんだな」

茶屋が訊いた。

「はい」

「で、その年寄りはどうしたんだ」

「逃げられました」

「逃げられた？　現役の刑事がふたりもそろって七十歳過ぎのよぼよぼの年寄りにまんまと逃げられたというのか」

「美術館をでたところでたまたま通りかかった男に邪魔されたんです」

額に脂汗を浮かべた木村が、苦痛から一刻も早く逃れようと早口でいった。

「お前たちは揃いもそろって人相がよろしくないからな。与太者がかよわい老人をいたぶっているのだろうと思った通りがかりの人間が割って入ったとしてもおかしくはないが、その男はなにをしたんだ」

「年寄りを捕まえようとしたところを妨害してきたんです」

「妨害した？　力ずくでお前たちから年寄りを奪いとったというのか」

「はい」

「その男はナイフか棒っ切れでも振りまわしたのか」

「いえ、丸腰でしたが、ボクシングかなにかの経験者らしくて……」

「歯が立たなかったのか」

「ええ」

「なんとも情けない話だな。で、その男はどうした」

「年寄りを連れて逃げました」

「その男と年寄りは顔見知りだったのか」

「いえ、男はたまたま通りかかっただけです。その男は……」

「止《や》めろ、それ以上はしゃべるな」

いままで身動きひとつしなかった中村が、木村を強い口調でさえぎった。

茶屋は中村に視線を向けながら、木村の拳を握った手に力をこめた。木村が上半身を折り曲げながらうめき声を洩らした。

茶屋は無言で木村の拳を握った手に力をこめつづけた。

「いいます。いいますから離してください」

体を斜めにして自らカウンターに頬を押しつける恰好になった木村が悲鳴を上げたが、茶屋はなおも木村の拳を離さなかった。

「その男は鈴木一郎でした。二年前病院から逃亡して指名手配されている人間です」

「なんだと」

拳を握りしめていた手から思わず力が抜けた。その隙を狙って木村がすばやく手を引き抜いた。

「間違いないのか」

「間違いありません」

木村が額の脂汗を拭いながらいった。

鈴木一郎が愛宕医療センターから逃亡した日に現場に居合わせた茶屋は、鈴木の異常な身体能力の高さをその目で見ていた。

「鈴木のことを石長に話したか」

「はい」

「石長はなんといっていた」

「県警本部には報せるな。鈴木と年寄りは鞍掛署の署員だけで捜せ、と」

木村がいった。

「石長はその年寄りが誰なのか知っているのか」

「はっきりとはわかりませんが、多分知っていると思います」

木村がいった。

茶屋はグラスに手を伸ばし、残ったウィスキーを飲み干した。

鞍掛署が総出で人捜しをしていることは確認できた。その人間は七、八十歳の白髪頭の老人で、名前は署長の石長しか知らないらしい。

石長が日馬という男のいいなりになっていると聞いて、氷室賢一郎を殺した犯人が躍起になって見つけだそうとしている人間を、石長が鞍掛署の署員たちに命じて捜しているに違いないと推測した鵜飼縣は、どうやら氷室賢一郎を殺害した犯人は鈴木一郎ではないらしいと考えを変えたようだった。

その鈴木が刑事の手から目当ての老人を奪いとってともに逃げたのだというが、鈴木と老人はどういう関係なのか。鈴木が一連の殺人にどう関わっていて、なんの目的で動いているのか、茶屋には見当もつかなかった。

6

鈴木を見失ったという納屋の周辺を二重三重にとりまいてふたたび鈴木が姿を現すのを待ちかまえているはずの三枝から日馬に電話が入ったのは、午後八時過ぎだった。

「鈴木はまだ現れません。このまま監視をつづけますか」

「当然だ。そこに何人いる」

「納屋の近くにふたり。そこから百メートル離れて四人、さらに百メートル離れて五人です」

三枝がいった。

「それでは近すぎる。三百メートル離れろ」

日馬がいった。

「はい」

「お前たちはどういう恰好をしている。まさか背広など着ていないだろうな」

「全員私服です。ふたり以上固まって行動せず、お互い十分な距離をとるよう気をつけていますし、不必要に歩きまわらず、通行人がいたら身を隠すようにいってあります」

「連絡はどうしている」

「交信は携帯電話ではなく目立たぬようイヤーピースを使っています」

三枝が答えた。

「それで良い」

日馬がいった。

いくら人通りの少ない休耕中の農地とはいえ、背広姿の男たちがうろうろ動きまわっていればいやでも人目を引く。最悪の場合、警察に通報される虞《おそ》れもあった。

「では監視をつづけます」

三枝がそういって電話を切ったとき、オフィスのドアがノックされた。

入るよう促すとドアが開いて、部下のひとりが入ってきた。サイバーセキュリティーを担当している関口《せきぐち》という男だった。

「なにかあったのか」

日馬が関口に尋ねた。関口はまだ三十代の若い男だったがデニムにTシャツなどというむさくるしい恰好をしているのを一度も目にしたことはなく、つねにオーダーメイドのスーツを一分の隙もなく着こなしていた。

「メインフレームに何者かのアクセスがありました」

関口がいった。

「顧客ではないのか」

日馬が訊いた。

「そうは思えません。複数の回線を経由させて発信元を隠そうとしていますから」

関口が答えた。

日馬が口を閉じ、考えこむように眉間にしわを寄せた。

「目的はなんだ」

日馬が沈黙していたのはほんの一瞬だけで、すぐに口を開いて関口に尋ねた。

「会社の裏帳簿を探りだそうとしているようです」

「ハッカーか」

「いまのところ不明ですが、相当腕の良い人間です。外郭《がいかく》ではありますが、最初のファイアーウォールを楽々と突破してきましたから」

関口がいった。

「メインサーバーに侵入する前に発信元を突き止めろ」

「はい」

関口はそういうと、一礼して部屋からでて行った。

オフィスにひとり残った日馬は椅子の背にもたれて目を閉じた。

対処すべき問題があまりにも多かった。

吉野の拉致に失敗したうえに、頭師《ずし》はいまだに発見できていなかった。なかでも看過できないのは欲望に溺れるがまま一触即発の遊戯に耽っている古代で、もし犯行が露見すれば遅かれ早かれ『愛宕セキュリティー・コンサルタント』との関係が表沙汰になることは目に見えていた。

日馬は瞑目しながらあらためて決意を固めた。

足元に火が点く前に危険因子はとり除かなければならない。

7

ビジネスホテルでシャワーを浴びたあと髪を乾かしていた縣に、東京の道から電話が入ったのは午後十時過ぎだった。

縣がベッドのうえに放りだしてあった携帯を耳に当てると、電話口の道の背後から複数の人間の騒がしい会話が聞こえてきた。

「どうしたの？　なにかあったの」

縣は道に尋ねた。

「システムをダウンさせたんで、皆で大汗かいて作業して、いまようやく復旧したところなんだ」

「ダウンさせたって、電源を切ったたってこと？」

「うん」

「そこにあるコンピューターの電源を全部切ったの？」

「一時は警視庁中のパソコンが使えなくなって大混乱だった。課長がやってきて、なにが起きているんだとえらい剣幕で怒鳴りつけられたよ」

「課長がきたって？　じゃあ、あんたのお仲間たちも見つかったの」

「うん。きみが帰ったらじっくり話を聞くつもりだといってた」

「もう」

縣は頭を抱えた。

「大体どうしてシステムをダウンさせるようなことをしたのよ」

「もう少しで逆探知されそうになったから」

道がいった。

「はじめからちゃんと説明して」

「『愛宕セキュリティー・コンサルタント』って会社はふつうの会社じゃないね。データベースにアクセスしようとしたとたん上海《シャンハイ》に飛ばされた」

「そんなに厳重なの」

「まあ、セキュリティー・コンサルタントを名乗っているくらいだから当然といえば当然なんだけどね。それになかなか優秀な追跡ソフトをもっていて、こっちがあちこちにばらまいておいたトラップを易々とくぐり抜けただけでなくプロテクトが間に合わないくらいのスピードで追いかけてきてね、もう少しでここまでたどられるところだった」

「それでシャットダウンした訳？」

「そういうこと。こっちが警視庁だとわかると、きみの今後の捜査に支障を来すかも知れないと思って」

「じゃあ、会社のことはわからず仕舞い？」

縣は落胆していった。

「こっちには腕っこきがそろっているんだ。収穫もなしですごすごと退却する訳がないだろう」

「勿体《もったい》ぶらないでよ」

縣は目くじらを立てていった。

「どうやらセキュリティー・コンサルタントは表の顔で、裏では無許可で信託業務を行っているらしい」

「それって地下銀行のことだよね。どの程度の規模なの」

「細かい金のやりとりは韓国、中国、東南アジア全般、それに中近東まで広い範囲にわたっているけど、それとは別に大きな流れが二本あって、ひとつはグランド・ケイマン島の銀行へ、もうひとつはドイツの会社でルクセンブルクにある支社へ毎月億単位の金が送られている。この会社はヨーロッパでいくつかのカジノの経営に携わっているから、間違いなくマネー・ロンダリングのための送金だろうね」

「日馬という男の経歴は？」

「三年前までは十年以上ベルギーに住んでいた」

「ベルギー？」

「うん。ブリュッセルにね。本拠地であるブリュッセルとアフリカの紛争地域を頻繁に往復する生活をしていた。戦場では敵陣の後方攪乱を得意にしていたらしいから、ありとあらゆる通信機器に精通しているだろうし、コンピューターにもくわしいはずだ。それにもうひとつ。どういう経緯《いきさつ》かわからないけど医者としての経験も豊富でどこの前線でも重宝されたらしい。三年前に日本に帰ってきてそれ以来愛宕市で暮らしている。サイトの履歴では名古屋の専門学校をでたシステムエンジニアということになっているけどね。四十一歳で独身、親族もなし」

「医者としての経験も豊富ねえ」

縣がつぶやいた。耳寄りな情報だった。

「写真を送ろうか」

道がいった。

「うん、送って」

縣が答えると、携帯の画面に真っ黒に日焼けした背の高い恰幅のいい男が現れた。迷彩服のうえからでも無駄なく鍛え上げられた体つきをしているのは一目瞭然だった。

正面を向いているので写真は隠し撮りされたものではなく、戦場でなにかの記念に撮られたものらしかった。

「こういう人間には迂闊に近づかないほうが身のためだと思うよ」

縣が写真を見つめていると、電話口で道がいった。

「能判官古代がその会社にどう関わっているのかわかった?」

縣は携帯に日馬の写真を保存してから道に尋ねた。

「それはわからなかった。サイトにも記載はないし、隠しフォルダーのなかにも名前は見当たらなかった。でも別のところで見つけたよ。二十四年前に東京の大学を卒業してから複数のベンチャー企業を渡り歩いて、三十歳の年にＩＴ関連の自分の会社を立ち上げた斉藤工作という男だ。めきめきと頭角を現して業界では知らぬ者はないくらいの存在だったのに、三年前になぜか会社を清算して愛宕市へ行き、そこから神隠しにあったみたいにこの世から姿を消した」

「姿を消した？」

「愛宕市に行ってからの記録がどこにもないってこと」

道がいった。

「そして、まるで入れ替わるようにして能判官古代という男が現れた」

縣がいった。

「そういうこと。能判官古代と日馬が愛宕市で偶然知り合ったのか、古代が日馬をベルギーから呼び寄せたのかはわからないけど、古代が『愛宕セキュリティー・コンサルタント』の設立に深く関わっていたことは間違いないと思う。わかったのはいまのところそれくらい」

「写真はある？」

「東京にいたころの斉藤工作の写真なら」

「それで良いわ。送って」

「送った」

「ありがとう、助かったわ。もう『愛宕セキュリティー・コンサルタント』のサーバーには近づかないでちょうだい。相手は二回目のハッキングを罠を張って待ちかまえているだろうから」

「了解」

道がそういって電話を切った。

縣がベッドのうえに携帯を置いたとき、ドアをノックする音がした。

ベッドから立ち上がってドアまで行き、ピープホールをのぞくと廊下に茶屋が立っていた。こんな時間に予告もなしに女性の部屋に押しかけてくるのはいかにも茶屋らしかった。

縣はチェーンをはずしてドアを開けた。

「風呂上がりだったのか」

部屋のなかに入ってきた茶屋が、スウェット姿の縣を見ていった。

「髪を乾かしていたところ」

「なにか飲むものはあるか」

「お酒ならそこにミニバーがある。勝手に飲んで」

茶屋は遠慮もなしに大股で部屋を横切ってミニバーに歩み寄った。

「なんだこれは」

ウィスキーのミニボトルを指先で摘みあげた茶屋が縣にいった。

「ウィスキーのミニボトル。見たことない？」

「こんなものでは飲んだ気にならん。ルームサービスはないのか」

「ここはビジネスホテルで、高級ホテルじゃないの」

縣がそっけなくいった。

茶屋は悪態をつきながら酒をミニバーに戻すと、部屋の隅にあった椅子を引き寄せて座った。

「それで『愛宕セキュリティー・コンサルタント』という会社のことはなにかわかったか」

ベッドに腰を下ろした縣は、たったいま道から聞いたことをそのまま茶屋に話して聞かせた。

「傭兵上がりか。そういうことなら一連の殺人の黒幕は日馬と考えてほぼ間違いないな」

茶屋がいった。

「あるいは直接手を下した犯人かも」

「犯人は鈴木一郎だと考えていたのではないのか」

「そんなこと一度も考えたことないよ。鈴木がなんのためらいもなく人を殺すことは知っているけど、あんな殺し方はしないもの」

縣がいった。

「それで？　そっちのほうはなにかわかった」

「お前さんのいった通り、鞍掛署の連中は署を挙げて人捜しをしていた」

茶屋がいった。

「捜しているのは誰なの」

「年齢は七十歳過ぎ、身長百五十センチ前後で白髪頭の年寄りだそうだ」

「名前は？」

「名前を知っているのは署長の石長だけで、署員たちには知らされていないらしい」

茶屋がいった。

「それで、鞍掛署はその人を捕まえたの」

「逃げられたらしい」

「逃げられた？」

縣が眉根を寄せた。

「もう一歩のところで邪魔が入ったらしい」

「邪魔ってなに」

「通りがかった通行人が、刑事ふたりを叩き伏せて年寄りを連れ去ったというんだ」

茶屋がいった。

「通行人が刑事を叩き伏せた？　一体どうして」

「理由はわからん」

「理由はわからないって、ただの通りがかりの人間が刑事を相手にそんなことするはずがないでしょう」

「そうだな。おれもそう思う」

「他人事みたいにいわないでよ。なにか知ってるんでしょう」

縣がいった。

「年寄りを連れ去ったのは鈴木一郎だった」

縣は啞然とした。

啞然とはしたものの、思わず声を上げたりすることはなかった。

「驚かんのか。まさか予想していたなんていうつもりじゃないだろうな」

茶屋がいった。

「予想なんかしていないけど、まったくの想定外という訳でもない」

「なぜだ」

「吉野さんを正体不明の男たちから救ったのも鈴木一郎だったから」

「なんだと」

茶屋がはじかれたように椅子から立ち上がった。縣につかみかからんばかりの勢いだった。

「吉野を襲った男たちはお前さんが大声を上げたら逃げていったといったじゃないか。あれは嘘だったのか」

茶屋が縣を怒鳴りつけた。

「あのときはいろいろなことがまだわからず仕舞いだったから、あんたにも余計な話は聞かせないほうが良いと思った。それだけの話」

「怪しいものだな。お前さんは一体なにを考えているかわからん」

茶屋が忌々しそうにいって、椅子に座り直した。

「日馬たちが追っている年寄りというのが誰なのか、見当がついているのか」

「おそらく能判官秋柾の身近にいた人で、彼が偽の経歴を用意して逃がした四人のうちのひとりだと思う」

　縣がいった。

「ほかの三人というのは、北海道と千葉と長崎でつぎつぎと殺されたという人間か」

　茶屋の問いに縣がうなずいた。

「その四人目は、秋枉の身辺でどんな仕事をしていたんだ」

「それはまだわからないけど、能判官家は代々さまざまな揉め事をおさめる役目をこの愛宕市で果たしていたらしい。それもお金でも暴力でもなく、あくまで当事者のあいだを仲裁して平和的に解決するという方法でね。そんなことができたのは、能判官家が人々から絶大な信頼を寄せられているか、ある種の畏怖を抱かれているかのどちらかだと思うんだけど、能判官家のそれほどの権力というか権威の源泉がなんなのか、いくら考えてもわからない。その秘密を握っているのがその老人だと思う。そうでもなけりゃ、かよわい老人をこれほど必死になって捜すはずがない」

「権力といったらやはり金じゃないのか」

　茶屋がいった。

「そこは徹底的に調べた。能判官家には資産らしい資産はほとんどないの。だからお金以外のなにか」

「金以外のなにかって、それは一体なんだ」

「想像もつかない」

縣がいった。

「鈴木が日馬たちが追っているその年寄りを助けたというのはどういうことなんだ。鈴木はなぜそんなことをする」

「日馬たちから守ってくれるようその老人に頼まれたのかも」

縣がそういったとたん茶屋が鼻を鳴らした。

「お前さんは鈴木という男を知らんな。やつは他人に頼まれて人助けをするような人間じゃない」

冷笑を浮かべながら茶屋がいった。

「その老人本人からでなければ、氷室友賢に頼まれたのかも知れない。遺言みたいな形でね。氷室家の先代友賢と能判官秋柾は親しい友人だったから」

「能判官秋柾と氷室友賢はわかるが、友賢と鈴木のあいだにどんな関係があるというんだ」

茶屋が聞いた。

「鈴木は両親と祖父をなくしたあと友賢の屋敷で暮らしていたの。あれ？　知らなかった」

　茶屋が眉を吊り上げた。

「そんなことまで知っていたのか」

「いろいろ知ってるの。ごめんなさいね」

「そういうことか」

　上目遣いで縣を見つめながら茶屋がいった。

「お前さんは鈴木とおれが裏で通じているかも知れないと邪推していたんだな。やつを病院から逃がしたのもこのおれだと。だから鈴木のことをおれに話さなかった」

「ノーコメント」

　呆れた女だというように茶屋がかぶりを振った。

「やつが吉野を助けたのはなぜだ」

「それもわからないけど、鈴木一郎が日馬たちの企みをつぎつぎと妨害していることだけはたしかね」

　縣がいった。

「これからどうする。『愛宕セキュリティー・コンサルタント』に直接乗りこんで日馬という男を締め上げるか」

茶屋がいった。傭兵上がりだと聞いて、茶屋は怖じ気づくどころか逆に戦闘意欲をかきたてられたようだった。

「そんなことしても、はいわたしがやりましたなんて日馬があっさり白状する訳ないでしょ。こっちにしてももっているのはいまのところ状況証拠と違法に集めたデジタルデータだけなんだし」

「じゃあ、どうするんだ」

「攻めるとしたら鞍掛署の署長だね。いまのところ敵のいちばんの弱点はそこだと思う」

東の間考えたあとで縣がいった。

「石長か。よおし、そっちはおれに任せろ」

茶屋が勢いこんでいった。

8

川沿いに建つホテルは、二十年前に廃業した新聞社の社屋を改修したものだった。煉瓦造りの古風な外観が評判で、有名人の顧客も多いと噂のあるホテルだったが、日馬はこの五階のジュニアスイートを秘密の会合場所として使うために、長期滞在客としてホテル側と契約をとり交わしているようだった。フロントで日馬の名前を告げると、支配人が黙って部屋のカードキーを渡してきたことからでもそれはわかった。

窓からはライトに浮かび上がる川向こうの高層ビル群が眺められるはずだったが、カーテンは引いてあった。日馬に窓のカーテンを開けぬよう言われていたからだ。

石長が時刻をたしかめようと腕時計をのぞきこんだときドアが開いた。

日馬だった。

部屋に入ってきた日馬はソファの前を素通りし、デスクが置かれた隣りの部屋まで行くと無言で椅子に腰を下ろした。

石長は仕方なくソファから立ち上がり、机をはさんで日馬の向かい側の椅子に座り直した。

「話とはなんです」

いつもの通り、挨拶のことばさえなく日馬がいった。

「木村と中村といううちの刑事が県警本部の人間に頭師のことを話してしまった」

石長がいった。

「取り調べでも受けたのですか」

「正式な取り調べなどではなく、痛めつけられて無理矢理しゃべらされたらしい」

「頭師の名前もしゃべったのですか」

「いや、前にもいった通り署員たちには頭師の名は告げていない。ただ年齢や人相風体は教えてしまった、と」

日馬が考えこむように口をつぐんだが、無表情なことには変わりなかった。

「どうしたら良い。つぎはおれのところに来るのは目に見えている」

「県警本部の人間がなぜあなたのところの刑事に目をつけたのですか」

日馬がいった。

「決まっているだろう。あんたが百武を殺したからだ」

石長は思わず声を荒らげた。

「あんなことさえしなければ、県警が頭を突っこんでくることはなかったんだ」

「落ち着いてください。滅多なことを口にするものではありません。どこに耳があるかわかりませんから」

日馬がいった。

「落ち着いている場合か。おれの署の人間が吐いたとなれば、つぎはおれを狙ってくるに決まっている。おれの身が危ないんだぞ」

「その県警の人間というのは誰です」

日馬が尋ねた。

「茶屋という男だ」

「有能な男なのですか」

「有能かどうかは知らんが、とにかく無茶な男だ」

「上の命令で捜査を止めさせることはできないのですか」

「上司のいうことに、はいはいと従うような男じゃない。それどころか一課の課長や刑事部長さえ茶屋のいうなりになっているともっぱらの噂だ。それに百武は本部の捜査一課の時代茶屋に可愛がられていたらしいから、犯人を挙げるまで決してあきらめはしないだろう」

石長がいった。

「わかりました。その男はわたしたちに任せてください」

「どうするつもりだ」

「あなたが知る必要はありません」

石長は表情をうかがうように日馬の顔を見た。

「なにがあろうと、おれには関係がない。それで良いんだな」

「もしあなたのところに捜査の手が及んだとしても、知らぬ存ぜぬで通してください。冷静に対処すれば問題はありません」

「本当にあんたのことばを信じて良いんだろうな」

「もちろんです」

日馬がいった。

「ただし、わたしからもひとつお願いがあります」

「どんなことだ」

「鈴木一郎を見つけました」

「なんだって」

石長が目を剝いた。

「郊外にあるビジネスホテルから後を尾けたのですが、砧町《きぬたちよう》と斎木町《さいきちよう》のあいだにある休耕地の付近で姿を消しました。鈴木の近くにかならず頭師がいるはずなので周囲を遠巻きにして見張っているのですが、夜間はともかく昼間は人目に立ちます。それであなた方の人員を昼間だけでも配置してもらいたいのです」

日馬がいった。

「鈴木はいまもそこにいると間違いなくいえるのか」

石長が訊いた。

「二重三重にとり囲んでいて、いまのところその包囲網から外にでた人間はいません。鈴木と頭師は間違いなくいまもその辺りに潜んでいるはずです」

日馬がいった。

「何人必要だ」

石長が訊いた。

「私服の刑事が四、五人いれば十分だと思います」

「わかった。すぐにも手配しよう」

石長がいった。

9

古代はエレベーターを十階で降り、廊下に目を落とした。

巨大な病院はまるで迷路のようだったが、足許から延びている色別に分けられたラインにしたがって進めば、目指す場所に行き着けるようになっていた。

入院患者のいる翼棟は緑のラインだった。古代は緑のラインに乗って歩きだした。

廊下にはかすかに消毒用のアルコールの匂いが漂っていた。壁は白とピンクのツートーンカラーで、規則的な間隔を開けて中世からルネサンスにかけての宗教画の複製の額が架けられていた。近代画家の作品が一点もないのは病院の経営者か院長の好みなのだろう。

それにしても宗教画ほど強く死を連想させるものはないはずだった。病を患って入院している患者たちはこれらを見てどう思うのだろうか。

これらの絵を選んだ人間は、ひょっとすると患者たちを癒すことが目的だったのではなく、人間は死すべき存在に過ぎないのだと暗示するつもりだったのかも知れない。

そう考えると、腹の底から笑いがこみあげてきた。

愛宕市に戻ってきたのも父親に会うのも三十年ぶりだった。十五歳で少しばかりの涙金《なみだきん》をもたされて家を追われてからはひとりで生きてきた。

大学にも通い、卒業してからは自身でＩＴ会社を立ち上げた。事業は成功し、相応の資産も築いた。いまなら正当な嫡子として能判官家の当主を継ぐ権利があるはずだった。

父も死期が近づいて気弱になり、三十年前の勘当を撤回するかも知れず、仮にそうならなくても当主の座はどんな手段を用いても奪いとるつもりだった。

父が入院している個室は廊下の突き当たりにあった。古代は一〇一一号室と表示がある部屋の前で立ち止まり、ノックもせずにドアを開けた。

ベッドに横たわっていた父がこちらに顔を向けた。

個室は質素なもので、テレビもラジオも置いていなかった。古代は部屋の隅にあった椅子をベッドの傍まで引き寄せてそこに腰を下ろした。

粗末なパジャマのような寝間着を着た能判官秋柾は枯れ木のようにやせ細り、白目は黄色く濁って昔日の光を失っていた。

秋柾はパジャマを身に着けたことなど一度もなく、病院のお仕着せに違いなかった。気力が少しでも残っていたら、そんなものは頑として拒絶していたはずだった。

「久しぶりでしたね。想像していたよりお元気そうでなによりです」

「わしを殺しに来たのか」

秋柾がいった。

「なにを言い出すのです。危篤の床にある父親を息子が見舞うのは当り前ではありませんか。わたしが帰ってきたと知って驚きましたか」

古代がいった。

「お前が戻ってきているのは知っている。お前が東京でなにをしていたのかもな。能判官家はいたるところに目と耳をもっているのだ。それを忘れるな」

「喉は渇いていませんか。お水を差し上げましょうか」

古代は秋柾の声など聞こえなかったかのように、サイドテーブルに載った吸い飲みに手をのばそうとした。

「喉など渇いておらん」

秋柾がいった。

「わたしにできることはなにかありませんか。マッサージでもして差し上げましょうか」

古代が尋ねた。

「お前に体を触られると考えただけでも身顫いがする。お前がわしのためにできることなどなにもない」

「ずいぶんないわれようですね。お見舞いをするためにこんな遠くまでわざわざやってきたというのに」

「お前の狙いなどわかっている。赤の他人に見舞ってもらういわれはない。さっさと帰れ、わしが看護師を呼んで追いだしてもらう前にな」

秋柾がいった。

「そうですか。狙いがわかっているとおっしゃるなら、わたしが父上に会いに来た本当の理由をお話ししましょう」

古代はそういって椅子に座り直した。

「この愛宕市には匿名の情報網が張りめぐらされていて、それを代々能判官家の当主が司ってきた。いわば何百年もつづく見えない組織とその統括者という訳です」

「無駄だ。お前のいいたいことはわかっている」

古代のことばをさえぎって秋柾がいった。

「お前はすでに能判官家の人間ではない」

「そうおっしゃいますが、父上が亡くなった後誰が能判官家の当主を継ぐのです」

「能判官家はわしの代で廃絶となる。能判官家が代々果たしてきた役割もな」

秋柾がいった。

「わたしが東京でなにをしていたのかご存じだったら、わたしが若いころのわたしではないこともおわかりになっているはずです。それなりの資産も築きましたし、この愛宕市にも新しく会社をつくろうと準備をしているところなのです。能判官家の当主として父上と遜色のない働きができると思いますが」

古代がいった。

「小さな会社が少しばかりの成功を収めようが小金持ちを気どろうが、お前の性根が少しも変わっておらんことは顔を見ればわかる。能判官家はもともとお家騒動の後始末や戦国大名同士の諍い事を鎮める役目を担っていた家だ。お前などが当主におさまったら、能判官家が何百年にもわたって蓄積してきた知恵を己《おの》が欲望のために悪用するのは目に見えている」

「情報を欲望の実現のために使ってなにがいけないというのです。調停役だの仲裁役だのと、いつまでそんな黴臭いお題目を唱えているおつもりなのですか。いまは戦国時代などではないのですよ。何百年にもわたって収集し蓄積してきた情報をたかが労働争議や企業同士の揉め事を仲裁するためにだけ使うなど時代錯誤もはなはだしい。現代では情報こそが最強の武器なのです。情報を握る者が財界や政界を支配するのは当然至極の結果ではありませんか」

古代がいった。

「よりにもよって支配とは。小悪党に限って二言目には口にすることばだな」

秋柾は笑おうとしたが、顔面の筋肉がうまく動かず唇がゆがんだだけだった。

「いくら背伸びをしようと、お前は所詮猫や犬の脚を切り落としたりガソリンをかけて焼いたりする動物虐待者であり、年端もいかない子供を陵辱する寝小便垂れの小児性愛者に過ぎん」

「動物虐待者だの小児性愛者だのとずいぶんモダンなことばをご存じではありませんか。その意気で能判官家の役割も現代的に刷新しようとはお思いになりませんか」

「これ以上お前と話すことはない。さっさとでていけ。お前が吐きだす息を吸っているだけで胸が悪くなる」

短い会話を交わしただけで体力を消耗したらしい秋柾が、残ったわずかな気力をふりしぼるようにしていった。

「そうですか。わかりました。そういうことなら、わたしはわたしがやりたいようにするだけです」

古代は椅子から立ち上がり、病室をでた。

できるだけ冷静に話したつもりだったが、感情の高ぶりは抑えきれなかったらしく、衝突事故を起こしたのはその日病院からの帰り道でのことだった。

第八章

1

その学生が初音《はつね》署にやってきたのは、朝もまだ早い時刻だった。

「あなたの名前は？」

受付の横にある小部屋に通した学生を前にして蓮見《はすみ》は尋ねた。

「早川忠《はやかわただし》です」

学生が答えた。

学生といっても、男は三十歳を超えているように見えた。

「で、ご用件は」

「友達のことです」

「お友達がどうかされたのですか」

「はい。一週間ほど前から姿が見えなくなってしまって」

早川がいった。

「姿が見えなくなった？　失踪でもしたということですか」

「ええ、多分」

「その方はあなたと同じ大学の学生さんですか」

「学生ではなく、院生です。名前は柘植《つげ》龍男《たつお》。今年二十九歳になるはずです」

「その方が失踪した。そういうことですね」

「はい」

「事情をくわしく話してもらえますか」

蓮見がいった。

「いまもいったように柘植はぼくと同じ院生で、なんとか大学の非常勤講師の口にありつこうと毎日就職活動に懸命に励んでいました。とくに柘植は実家からの仕送りも途絶えて大学の研究室で寝泊まりしていたほどでしたから、それはもう必死でした。それがひと月ほど前に、研究室で寝泊まりしていることが大学にばれて研究室を追いだされてしまったのです。それからは数少ない友人たちの安アパートのあいだを転々としていたようなのですが、一週間前にぼくのところにとつぜん顔をだして、おれはもう講師の口はあきらめた、これをいままで世話になった礼として受けとってくれといって刑法の本を置いていったのです」

「刑法の本？」

「柘植もぼくも法学の研究をしていて、柘植の専門は刑法でした。その本は柘植が十年以上も使っていた本で、どのページにも小さな文字でびっしりと書きこみがある、柘植にとっては命のつぎに大切な本なんです」

早川がいった。

「つまりあなたは、柘植さんという友人が形見かなにかのつもりであなたに贈ったものと思った」

「そうです。それで心配になって翌日友人たちに問い合わせてみたのですが、皆が最近柘植の姿は見ていないという返事で、実家の母親にも連絡してみたのですが、龍男は帰っていないということでした。それでもしかしたら柘植は将来を悲観して自殺でもするつもりで行方をくらましたのではないか、と」

「なるほど。それで行方不明者届をだしたいということなんですね」

「はい」

早川が答えた。

「柘植さんの写真かなにかあれば拝見したいのですが」

「はい、もってきました」

早川が上着の内ポケットから一葉の写真をとりだして机のうえに置いた。

「入学式のときに大学の正門前で撮った写真です」

「ほう、美男子ですね。さぞや女性にもてるでしょう」

机のうえからとりあげた写真を見ながら蓮見がいった。

「ええ、まあ」

「柘植さんの女友達であなたが知っている人はいませんか。そういう人がいればお話を聞きたいのですが」

蓮見が尋ねた。

「それが……」

早川が言い淀んだ。

「いないのですか」

「ええ、女性の友人はいないと思います」

「女性とつきあう暇もないほど勉強のほうが忙しかったということですか。それはなんともったいない話ですね。これほど良い男なのに」

「恋愛をしないという訳ではなく、柘植は女性を受けつけないのです」

「受けつけないというのはどういうことでしょう」

蓮見が訊いた。

「柘植の恋愛対象が女性ではないということです」

早川がいった。

「はあ？」

蓮見は首をかしげた。

「どういうことです」

「柘植は女性と関係をもったことが一度もないということです」

早川がいった。

「つまり、こういうことですか。柘植さんの恋愛対象は同性だと」

「そうです」

早川がうなずいた。

「すると、なんといいますか、あなたが柘植さんとつきあっていたということなのでしょうか」

「いえ、違います」

早川がかぶりを振った。

「大学に入ったばかりのころに柘植とそういう関係をもったことがありますが、そのときたった一度きりのことです。ぼくは中学校からずっと男子校で過ごしてきたので、そういうことに関してふつうの人に比べて嫌悪感が少なかったのだと思います。でも実際に行為をしてみると自分には性に合わないとわかりました。それにすぐに女友達もできて、柘植とは元の友人同士の間柄になりました」

「なるほど」

口ではそういいはしたものの、内心では朝っぱら聞かされるにしてはなかなか胃にもたれる話だと思っていた。

「では、柘植さんととくに親密にしていたお友達は誰です」

「学内にはいないと思います」

早川がいった。

「柘植さんの恋人は学校の外にいたということですか」

「はい」

「誰か心当たりの方はいますか」

「決まった人はいないと思います。彼は同じ人間と長くつきあうことを避けていましたから」

「なぜです」

蓮見が尋ねた。

「自分の性的な指向を人に知られることを嫌ったからだと思います」

早川がいった。

「それでは相手は玄人に限られていた？」

「玄人というか、同じ指向の人たちが集まる場所が市内にいくつかあるという話を彼から聞いたことがあります」

「なるほど。たまり場のような場所ですね。そういう場所なら調べればすぐにわかるはずです」

蓮見はいった。

「わかりました。すぐに調べて柘植さんを見かけた者がいないか聞きこみをしてまわることにしましょう」

「そうしてもらえますか」

「もちろんです。それがわれわれの仕事ですから」

蓮見がいった。

「お願いします」

早川が頭を下げた。

2

真梨子《まりこ》から、話があるので病院のわたしの診察室にきて欲しいというメールを受けとったのは昼前だった。

ふだん車の運転をしない茶屋は県警の建物をでると、タクシーを拾って愛宕《おたぎ》医療センターへ向かった。

運転手は、一目見て大丈夫なのかと心配になるほど年配のごま塩頭の男だった。後部座席に苦労して巨体を押しこんだ茶屋が行き先を告げ、タクシーが発進した。

市街中心部を抜けると車の数が少なくなり、大きなショッピングセンターの前を左折して県道に入るとさらにまばらになった。茶屋の心配をよそに、タクシーは速度を上げ愛宕医療センターのある田園地帯へ向かって順調に走りつづけた。

茶屋が後方を走るゴミ収集車に気づいたのは、私鉄の高架下をくぐるともう少しで愛宕川沿いの広い幹線道路にでるという細い道だった。

みるみる近づいてきたゴミ収集車は、轟音を上げながら強引にタクシーの横を通りすぎた。二台の車の間隔はほとんど十センチもなかった。

「こんなせまい道に無理矢理入ってきやがって」

ごま塩頭の運転手が悪態をついた。

しかしゴミ収集車は一台ではなかった。まったく同じ形の巨大な車輛が一台目のすぐ後から姿を現した。

茶屋は思わず後ろをふり返った。二台目が速度を上げタクシーに接近してきた。運転手も気づいたらしくクラクションを鳴らしたが、前にでた一台目の車は適切な車間距離をとるどころか、逆に速度を落としてタクシーの行く手をさえぎってきた。後方の車はまっすぐタクシーに向かって突進してくる。

とつぜん現れた二台の車の目的は明らかだった。

鋼鉄の塊のような巨大な車輛にはさまれたらひとたまりもない。

ごま塩頭の運転手はいまや恐怖に駆られてクラクションを鳴らしつづけていた。後部座席に座っている茶屋にはどうすることもできず、なす術もなく事態を傍観しているほかなかった。

肉薄してきた二台目のゴミ収集車がタクシーのバンパーに接触した。そのまま速度を上げ、タクシーを前に押しだそうとする。タクシーが前に進もうとしても前方を行く車に進路を阻まれ行き場がなかった。

「畜生」

ごま塩頭が叫んだかと思うと、ハンドルを大きく切りながら左足でブレーキを踏み、同時に右足でアクセルを踏みつけた。

茶屋には、ごま塩頭が動転のあまり正常な判断力を失ったのかそれとも故意でしたことなのかわからなかった。

車体が独楽《こま》のように旋回しはじめた。

シートベルトで体を固定していなかった茶屋は振り子のように右へ左へ大きく揺れた。

回転するうちに前方を走るゴミ収集車とのあいだにほんの少しだけ距離が空いた。

ごま塩頭がこの機を逃すものかとばかりアクセルを思い切り踏みこんで脱出を図った。見た目の印象とは違い、ごま塩頭は冷静に車を制御しているようだった。

しかし茶屋が安堵したのも束の間、後方から迫る車が狙い澄ましたかのように巨大な車体をぶつけてきた。一度目とは比べものにならないくらいの衝撃が伝わってきた。ごま塩頭が悲鳴を上げた。

タクシーの車体が浮き、前輪が推進力を失った。

弾き飛ばされたタクシーは路肩を突き抜け、アスファルト道路から外れて道路脇の加地《かじ》商会出張所と書かれた建物のエントランス脇の壁に衝突して止まった。

車体の前面が大破し、フロントガラスも粉々になった。

茶屋はごま塩頭を運転席から引きずり上げ片手に抱きかかえたまま、ひしゃげた後部ドアを開けて外にでた。

二台のゴミ収集車は姿を消していた。

芝生のうえにごま塩頭を横たえて、怪我の具合を見た。割れたフロントガラスで切ったのだろう、額から血が流れていたが、命に別状はないようだった。

ガソリンの臭いもせず、車が炎上する心配もなさそうだった。

芝生に四つん這いになって大きく息を吐きだしたとき茶屋は気を失った。

3

大きな邸で妻とふたり暮らし。子供はいない。家具も装飾品もどれも金のかかっていそうな物ばかりで、しかも趣味がよかった。

妻が仕事にでた後は掃除や洗濯などの家事に専念する日常を送っているらしかったが、裕福で幸せそうな男。自分の生活に心底満足している男のはずだった。

しかし目の前に座っているのは頬も痩《こ》け目を真っ赤に泣きはらした、不幸を絵に描いたような中年男だった。

三浦和宏《みうらかずひろ》の妻里子《さとこ》は四日前とつぜん行方知れずになった。重役を務める会社の地下駐車場に愛車を残したまま。

「なにか手がかりがあったのでしょうか」

三浦が訊いた。

「奥さんの車ですが、ボディーの側面がへこんでいました。別の車に衝突されてできた傷だと思いますが、その傷から車の塗料が微量ながら検出されました。そして塗料から車種を割りだしました」

雨森《あまもり》はいった。

「見つかったのですか」

三浦がソファから身を乗りだした。

「その車に乗っている人間をしらみつぶしに当たった結果、盗難車であることがわかりました。持ち主が一週間前に盗難届をだしていました」

申し訳ありませんと、つい口にだしそうになった。

雨森が動坂《どうざか》署に転任になってから一年あまりが経っていた。

当初は一日でも早く異動したいと願っていたが、いまは変人の集まりのような刑事課の同僚たちにも馴染んで気楽な毎日を過ごしていた。

のんびりしているのは相変わらずだったが、久々に本来の警察の仕事をする機会が降って湧いたかと思えば、こういう損な役まわりをしなければならなくなる。

雨森は自分自身を呪いたい気分だった。

「そうですか」

三浦が失望もあらわにソファに寄りかかった。

「全署を挙げて奥さんの捜索にとり組んでいます。奥さんの会社の社員たちからも話をうかがいましたし、行きつけの店の聞きこみもしています。それでもう一度あなたに奥さんのことをお訊きしたいのです」

「それならもうお話ししたはずです」

「もう一度だけ」

雨森はいった。

三浦がため息をついた。雨森はそれを同意の返事と受けとることにした。

「まず、奥さんがお帰りになる時間は毎日決まっていましたか」

「ええ、毎日かならず七時に。遅くとも八時には帰ってきました」

「残業や接待などで帰宅が夜中になるということもあったのではないですか」

「妻は残業をしない主義ですし、家に帰ってわたしとふたりで食事をしながらワインを飲むことはありますが、外では一切酒を飲みません。顧客を接待しなければならない場合は部下に任せていました」

「四日前、八時に帰宅されなかったときあなたはどうされましたか」

「まず電話をしましたが通じませんでした。心配で仕方ありませんでしたが、帰宅が一時間や二時間遅れたといって大騒ぎするのも大人げないと思い、一晩待ちました。しかし翌朝になっても帰ってこなかったので警察に連絡したのです」

「この家の近所の住人でも奥さんの会社の人間でもけっこうですが、奥さんにしつこく言い寄ったり、強引に関係をせまったりしていた人間はいませんでしたか」

「いません。わたしがいうのもなんですが、里子は美人ですから昔から言い寄ってくる男は絶えませんでした。しかし、彼女に一睨みされるとたいていの男は尻尾を巻いて逃げだしてしまうのです。気位の高い女性ですから、他人の口車に易々《やすやす》と乗るなどということも考えられません」

「誰かに尾けまわされているようだなどという相談を受けたことは」

「それもありませんね」

三浦がいった。

別の質問をしようとしたが、とっさに思いつかず口ごもってしまった。

なにかもっと実のある質問はないかと雨森は考えた。絶望に打ちひしがれた男に少しでも希望を抱かせることができるような質問が。

しかし、いくら考えてもそんな質問は思い浮かばなかった。


昼を大分過ぎていたがいまさら昼食をとる気にもなれずに署に戻ると、課長の鹿内《しかない》に署長室に来るようにいわれ、行ってみると部屋には鹿内と見知らぬ男がふたりソファに向かい合って座っていた。署長はどこかにでかけて留守のようだった。

「座ってくれ」

鹿内にいわれ、隣りに腰を下ろした。

「こちらは初音署の蓮見さんと栗橋君だ」

ふたりの男が雨森に向かって頭を下げた。

「蓮見さん、あなたから事情を説明してやってくれませんか」

「はい。実は昨日わたしどもの署に学生さんがひとりやってきまして」

ふたりのうち年長の男が、愛宕市にある国立大学の名前を口にした。

「早川忠といって、同じ大学に通う友人の姿が一週間ほど前から見えなくなったと行方不明者届をだしにきたのです。友人の名前は柘植龍男というのですが、正確には早川も柘植も学生ではなく院生で、大学の非常勤講師になろうと毎日就職活動に励んでいたそうなのです。わたしも、大学院をでても教授になれる人間はほんの一握りだということくらいは知っているつもりでしたが、最近では助教や講師になるにも大変な苦労があるようで、どうやら柘植という男は悪戦苦闘の末講師になることをあきらめたらしく、一週間前に早川のところにとつぜん現れて大切にしていた本をいままでの礼だといって置いていったそうなのです」

「本ですか？」

雨森が訊いた。

「ええ、本です。早川も柘植も法学の研究をしていて、柘植の専門は刑法だったそうですが、その刑法の本を置いていったと。柘植にとっては命のつぎに大切な本なのだそうです」

「つまり形見として贈ったということですか」

「はい」

「それを最後に消息が途絶えた、と」

「そうです。心配になった早川は友人たちや柘植の実家にも連絡をしたそうなのですが、友人たちも最近顔を見ないという返事で、母親からも柘植は家には帰ってきていないといわれたそうなのです。それでわたしたちは昨日一日中呉羽町《くれはちょう》近辺の店の聞きこみをしてまわったのですが」

「呉羽町ですか」

呉羽町は大きな繁華街だが、表通りから一歩裏道に入るとせまい路地に小さなバーがぎっしりとならんでいて、客のほとんどが男であると女であるとにかかわらず同性の相手を求めてやってくることで知られていた。

「なぜ呉羽町なんです？」

雨森は蓮見に聞いた。

「早川によると柘植は女性ではなく男性を好む性質《たち》だったそうで、しかも相手は玄人に限られていたそうなのです」

蓮見が答えた。

「なぜ玄人なんです？」

「柘植が自分の性的指向をまわりの人間たちに知られたくないためだったと」

「そういうことですか」

雨森は得心してうなずいた。

「ですからわたしたちは呉羽町の店を片っ端から当たってみたのですが、柘植らしい男を見たという人間がひとりもいなかったのです。柘植は写真で見るかぎりとびきりの美男子で、わたしでも感心してしまうくらいですから、その手の人間なら一度見たらそう簡単に忘れるはずはないと思うのですが。これが写真です」

蓮見が写真をとりだして机のうえに置いた。

雨森は写真を手にとって見た。なるほど蓮見のいうように大変な美男子だった。

「この写真はうちであずかってもかまいませんか」

「もちろんです。こちらには複製が何枚もありますから」

蓮見がいった。

「それで、うちを訪ねてこられたのはなにか理由があるのですか」

雨森が尋ねた。

「はい。なにか手がかりになるようなものはないかと県警に連絡したところ、この動坂署からも行方不明者届がでていることがわかりまして。日付が近いことが気になったものですから、こうしてうかがった次第なのです」

蓮見がいった。

「そうですか。しかし、そういうことであればわたしたちはあまりお役に立てないと思いますね」

雨森がいった。

「なぜでしょう」

蓮見が聞いた。

「柘植の場合は世をはかなんで失踪したか自殺の可能性が高いように思われますが、こちらは疑いもなく誘拐事件だからです」

「誘拐、ですか」

「はい、明らかに拉致誘拐事件です。現場は被害者が重役を務めている会社の地下駐車場なのですが、被害者が姿を消したあと車だけが残されていました。被害者が何者かに連れ去られた証拠です。さらに被害者の車には別の車が衝突してできた傷があり、傷にわずかに付着していた塗料から車の車種を割りだしたところ、持ち主が盗難届をだしていることがわかりました。犯行に盗難車を使ったのはそれが計画的であったことを示しています。そういうことですから、ふたつの失踪事件になんらかの関係があるとは思えません。残念ですが、日付が近いのは単なる偶然でしょう」

「そうでしたか」

蓮見が落胆したようにいった。

「申し訳ありません」

「いや、とんでもありません。それを聞けただけでもお邪魔した甲斐があったというものです」

蓮見がいった。

「そういうことであれば、これ以上長居してもそちらの時間を無駄にするばかりですな。わたしたちはこれで失礼することにします」

ふたりの刑事が立ち上がり、雨森と鹿内に頭を下げた。

「わざわざご足労いただいたのに、お役に立てなくて申し訳ありませんでした」

鹿内がいった。

「ところで氷室賢一郎氏の事件のほうはどうなっています。なにか進展がありましたか」

「ええ、茶屋さんと東京からきた鵜飼《うかい》さんがふたりで懸命に捜査を進めているようです。鵜飼さんという女性はなんでもコンピューターにとても精通されているらしく、わたしどもにはくわしいことはわかりませんが、なにやら大きな収穫があったように聞いています」

「そうですか、それはよかった」

「では、これで」

ふたりの刑事が部屋からでて行った。

「コンピューターに精通しているらしいというのはどういうことですか。女性だといっていましたけど、東京からきた鵜飼さんというのは一体誰なんです？」

雨森が鹿内に尋ねた。

「警察庁の監察官だよ」

柘植の写真を手にとって見ながら、何事か考えに耽っている様子の鹿内が生返事をした。

4

目が覚めると足元に病院の白衣を着た若い男が立っていた。

「気がつかれましたか」

若い男がいった。

「ここはどこだ」

「愛宕医療センターの病室です」

男が答えた。

茶屋は部屋のなかを見まわした。

茶屋が横になっているベッドの隣りにもうひとつベッドがあり、向かい側の壁際にもベッドがふたつならんでいた。

三つのベッドには頭や手に包帯を巻いた怪我人が寝ており、足にギプスを嵌めた者もいたが、いずれも鳥のようにか細い皺だらけの年寄りばかりだった。

「なんだ、この部屋は」

茶屋は若い医者に向かっていった。

「なんだとおっしゃいますと？」

「この部屋は一体なんだと聞いているんだ」

「いまもいった通り、愛宕医療センターの病室ですが」

「どうしておれを老人専用の部屋なんかに入れたんだ。おれは老いぼれの年寄りじゃないぞ」

「あなたをここに運んだのはたまたまこの病室のベッドが空いていたからで、他意はありません。それに当病院に老人専用の病室などというものはありませんよ」

若い医師が答えた。

「タクシーの運転手はどこだ」

若い医者に穏やかに諭《さと》され、茶屋は話題を変えた。

「彼のほうは重傷なので救急病棟のほうで治療しています」

「危険な状態なのか」

「骨があちこち折れてはいますが、命に別状はありません」

「そうか」

「それにしてもあなたは頑丈ですね。打撲や骨折もないばかりか、かすり傷ひとつないんですからね。しかし念のために頭のレントゲンだけは撮らせてもらいますよ。あとで後遺症がでたりしたら困りますからね」

「好きにしてくれ」

茶屋がいった。

「それでは後ほどまた」

　若い医師がそういって廊下にでたのと入れ替わりに女の医者が病室に入ってきた。鷲谷真梨子だった。

　真梨子は手にしていたスマホをベッドのうえの茶屋に手渡した。茶屋が上着のポケットに入れていたスマホだった。

〈どう？　大丈夫〉

　茶屋は真梨子から渡されたスマホを両手で掲げもってキーを叩こうとした。

〈あなたはふつうにしゃべって良いの。耳は聞こえるから〉

「ああ、そうだったな」

　茶屋は気まずい思いでいった。何度顔を合わせても慣れずに、同じことをくり返してしまうのだった。

〈事故に遭ったんですって？〉

「ああ、そんなようなものだ。おれが事故に遭ったと聞いてわざわざ見舞いに来てくれたのか」

〈勤めている病院だもの、当り前でしょう。とにかく怪我が軽くてよかった〉

「そういう先生のほうは元気なのか」

〈ええ、元気よ。そういえばあの人はどうしている？〉

「あの人って誰のことだ」

〈鵜飼縣《あがた》という人〉

「先生はあの女と会ったのか」

茶屋がはじめて聞く話だった。

〈ええ、ここに訪ねてきた。あの若い女性が警察庁の人だというのは本当なの？〉

「ああ、本当だ」

茶屋がいった。

〈あなたたちはいまいっしょに働いているの〉

「ああ、そうだ」

〈あの人ってどんな人〉

「どんなって、先生も会ったならわかるだろう。とにかく無礼な女だよ。おかしな服装もおかしな言葉遣いも、やることなすこと一々気にさわる。あの女は嫌がらせのためにわざとやっているに違いない」

〈あなたたち、なんだかとっても気が合っているようね〉

茶屋はスマホの画面から思わず目を上げて真梨子の顔を見た。

真梨子の口元に笑みが浮かんでいた。茶屋が久しぶりに見る真梨子の笑顔だった。

「先生はどうなんだ。あの女が気に入ったのか」

〈わたしの印象は、不思議な人というだけ〉

「不思議？」

茶屋はスマホの画面の文字を読んでいった。

〈ええ、とても不思議な人。そうとしかいいようがない〉

「あの女と一体どんな話をしたんだ」

茶屋が尋ねると、真梨子の表情が変わった。

「鈴木一郎の話をしたんだろう？」

茶屋がいった。

真梨子が茶屋の顔を見た。

「あの女は鈴木のことについてよく知っている。おれが知らないことまで知っているくらいだ。おおかた氷室賢一郎が殺された現場の様子をくわしく説明して、犯人は鈴木だと思うかと先生に訊いたんだろう？　そうじゃないのか」

〈ええ。そう〉

「先生はなんて答えたんだ」

〈鈴木一郎ならやりかねないといった〉

「先生が？」

〈ええ〉

「それは意外だな」

〈なぜ〉

「先生は鈴木に対して同情的なんだと思っていた」

真梨子がスマホのキーを叩いた。

〈わたしは可能性があるかと訊かれたから、可能性はあると答えただけ〉

「そうか」

〈診察があるからもう行かなくちゃ。あなたもすぐに退院できるはずよ。じゃあ〉

真梨子が部屋をでて行こうとした。

「先生」

真梨子がふり返った。

「先生は今朝おれにメールを寄こしたか」

真梨子が首を横にふった。

「そうか。悪いがさっきの若い先生を呼んでくれるか」

真梨子がうなずき、部屋をでて行った。

若い医師はすぐに戻ってきた。

「ぼくにご用って、なんです」

医師が茶屋に尋ねた。

「おれはたったいまから面会謝絶ということにしてくれ。もしおれの怪我の具合を尋ねてきた人間がいたら重体だというんだ」

「怪我の具合を尋ねにくるというとマスコミのことですか」

「マスコミでもほかの人間でもだ。受付だかナースステーションだか知らんが、とにかくそこにいる人間たちに間違いなくいいつけてくれ」

「どうしてそんなことを」

「それから、この三人をどこかほかの病室に移せ」

茶屋はほかのベッドで寝ている老人たちを見まわしていった。

「そんなことはできませんよ」

若い医師がうろたえていった。

「良いからおれのいう通りにするんだ。そうしないとこの三人は怪我を治すどころか、新しい怪我を負うことになりかねんぞ」

茶屋がいった。

5

その店は矢倉坂《やぐらざか》にあった。

矢倉坂は呉羽町と同じようにバーやキャバレーが林立する繁華街だが、こちらは表通りには高級デパートやハイブランドの服や宝飾品を扱う店が軒をならべている一等地で、街往く人々も身なりの良い年配の男女がほとんどだった。

初音署のふたりの刑事が帰った後、失踪したという柘植龍男の写真に見入っていた鹿内に、可能性は低いが万が一ということもある、駄目で元もと、なにかあったら拾いものくらいのつもりで当たってみてくれないかといわれて教えられたのがこの店だった。

矢倉坂と聞いて、貧乏学生がそんなところで遊んでいるとは思えませんがと雨森が疑問を口にすると、鹿内は柘植のこの容姿だ、彼は客として相手を探していたのではなく、むしろ反対に客をとっていたのではないかといった。つまり柘植が夜の町にでるときは、一晩限りの男娼としてふるまっていたのではないかというのだ。

鹿内の突飛な思いつきにも驚いたが、仮にそうだとしてもなぜ呉羽町ではなく矢倉坂なのですかと訊くと、金持ちのパトロンを見つけたのかも知れないというのが鹿内の答えだった。

それにしても鹿内がこんな店を知っていることが意外だった。

有名な財閥のひとり息子なのだから、矢倉坂のバーやクラブに出入りしていても一向に不思議ではなかったが、なにしろ実際に店のなかに入ってみると客のほとんどは男同士のふたり連ればかりなのだ。

鹿内にその種の人間が集まる店だと教えられ、課長にはたしか娘がひとりいたはずだったがと考えていると、わたしにそちらの指向はないが、その店は矢倉坂でもトップクラスのワインリストが揃っていて、料理も格別なのだと鹿内が笑いながらいった。その口ぶりからすると、課長自身何度かこの店を訪れたことがあるようだった。

雨森の推測が正しかったことは、入口で制服を着た女に「会員制ですので」と門前払いを食わされそうになったとき鹿内さんの紹介ですというと、失礼いたしましたと女が頭を下げ簡単に店のなかに通してくれたことでも証明された。

体を密着させて低い声で談笑している客のあいだをすり抜けてカウンターまでたどり着き、止まり木に腰を下ろした。

あくどいくらいに飾り立てられた安っぽい装飾を見るかぎり、とても課長のいうような絶品の酒や食事を提供する店には思えなかった。

「なにに致しましょう」

制服を着たバーテンダーが雨森の前に立った。女だからこの場合はバーテンダーではなくバーメイドとでもいうべきなのだろうか。いや、アクターがアクトレスだから、バーテンドレスという呼び方が正しいのかも知れない。

客が男ばかりであるのとは対照的に、制服を着た店員はすべて女性で、そのうえ美人ばかりだったが、目の前の女は化粧も薄く、まだあどけなさが残る顔立ちをしていた。

「いや、酒は飲まないんだ」

雨森がいうと、女が首をかしげた。

「ちょっと訊きたいことがあるんだけど、良いかな」

雨森は上着の内ポケットから柘植の写真をとりだして、女に見えるようにカウンターのうえに置いた。

「この男が最近店にきたことはないかな」

雨森は女に尋ねた。

「申し訳ありません。お客様のことはお話ししてはいけない規則になっていますので」

女が表情を硬くしていった。

「そこをなんとか。この男が最近店にきたかどうかだけ知りたいんだ」

「申し訳ありません」

女がいった。

「そうか。それならあの女性を呼んでくれる？」

カウンターのいちばん端に控えている背の高い別の女性を指して雨森はいった。

「はい、ただいま」

女はカウンターの端まで行くと、背の高い女性に声をかけた。

「なにか」

女が雨森の前まできていった。

「この写真を見てくれないか」

女がカウンターの上の写真に視線を落とした。

「その人、最近店にこなかったかな」

「さあ、見覚えがありませんが」

女がいった。

「もっとよく見てくれ」

女が顔を写真に近づけたが、いかにも形ばかりのジェスチャーだった。

「申し訳ありません。やはり見覚えはありません」

写真から顔を上げると女がいった。

「そうか」

雨森は写真を上着の内ポケットに戻した。これ以上何人に尋ねても返ってくる答えは同じに違いないとあきらめて席を立った。

ふたたび、密着する男同士のあいだを抜けて出口に向かった。

「この男、最近店にこなかったかい」

店をでしなに、先ほど雨森を足止めしたドアガールに写真を示して訊いた。

「おみえにはならなかったと思います」

ろくに写真も見ずに女が答えた。

雨森は店をでた。

はじめから期待していなかったので、気落ちすることはなかった。

夜はまだ浅く、通りにも人があふれていた。せっかくここまできたのだから、どこかで食事でもしていこうと思い、歩道を歩きはじめた。

課長の山勘が外れたことよりも、課長のいった東京からきた監察官だという女のことのほうが気になっていた。

動坂署には秘密があった。もし露見するようなことがあれば、刑事課の人間全員が懲戒免職どころか刑務所に服役するようなことにもなりかねない秘密だった。しかし課長はそのことを心配している様子などみじんもないばかりか、鵜飼って誰ですと雨森が尋ねたとき、警察庁の監察官だと答えた口調もいたってのんびりしたもので、そのこともまた不可解だった。

警察庁の監察官というのは一体どんな女なのか。東京からわざわざやってきたのは動坂署を探るためではないのだろうか。

「あの」

背後から声をかけられて物思いを断ち切られた。

ふり返ると、いまでてきたばかりの店でカウンターのなかに入っていた童顔の女が立っていた。制服姿のままであるところを見ると、店には内緒で抜けだしてきたらしかった。

「あなたは警察の方なのでしょうか」

女が尋ねた。

「ええ、そうです」

雨森はいった。

「さっきの写真の男の人、本当は見たことがあります」

女がいった。

「いつです」

雨森は驚きを隠せずに聞いた。

「六日前の夜です」

「六日前？」

雨森は思わずおうむ返しにいった。三浦里子が誘拐されたのが五日前。もし柘植が店に現れた夜に失踪したとすれば、二日つづけてふたりの人間が姿を消したことになる。

「間違いありませんか」

「間違いありません。あの、その男の人になにかあったのですか」

「行方不明になって届けがでているんです」

雨森がいった。

「行方不明……」

女が驚いたようにつぶやいた。

「柘植さんは、行方不明になっている方は柘植さんというのですが、彼は店の常連だったのですか」

「いいえ、その時がはじめてでした」

「店にはひとりできたのですか」

「いいえ、おふたりでいらしたのですが、後で別の方とおしゃべりされていました」

「連れと別れたのですね。その後の相手はどんな男でした？」

「四、五十代の身なりの良い紳士でした」

女がいった。

「その男の名前は？　どんな外見をしていました。なにか特徴はありませんでしたか」

「特徴といっても、背が高くて男性のわりには肌の色が白かったということくらいしか」

「柘植さんはどんな様子だったでしょう。憂鬱そうというか、ふさぎこんでいるような様子でしたか」

「いいえ、その方と楽しそうにおしゃべりをしていました。どちらかといえばとても上機嫌そうに見えました」

「ずいぶんはっきり覚えているんですね。彼のことをそれほどはっきりと覚えているのはなぜです。なにか特別な理由でもあったのですか」

雨森が訊いた。

「その方とお話しされているとき、大学の名前がでたんです。実はわたしも同じ大学の学生で、それではっきり覚えていたのです」

女がいった。

「つまりあなたはアルバイトであの店に勤めているのですか」

「はい」

女が恥ずかしそうに顔をうつむかせた。

「あなたの名前は？」

「一色香《いっしきかおる》といいます」

「明日時間がとれますか」

「なぜです」

女が身を固くした。私的な誘いだと勘違いしたようだった。

「署にきて柘植さんと話していた男のモンタージュをつくる手伝いをして欲しいので

す」

「ああ、そうですか」

「どうです。時間がとれますか」

「午前中なら」

女がいった。

6

男が病室のドアを開けたのは夜中の二時だった。

ベッドに横になって誰かが病室に侵入してくるのを待っていた茶屋は、男を一目見るなり目を見張って上半身を起こした。

でっぷりと肥った大男は身長が二メートル近くあり、体も茶屋よりひとまわり大きかった。

茶屋は自分より大きな男を現実にはじめて目の当たりにした。

大男は足音を忍ばせるどころか堂々と部屋に入ってきて茶屋のベッドの足元に立った。

間近にすると男はさらに巨大に見えた。

猪首《いくび》の大男は顔面が広いわりに目と鼻が極端に小さく、とくに鼻などは低すぎてどこにあるのかわからないほどだった。

男を見るなり素手で闘うことの不利を悟った茶屋は部屋のなかを見まわした。

しかし軽傷の怪我人だけが入院している病室には武器になりそうなものはなにひとつ見当たらなかった。点滴のスタンドもプラスチックの輸液バッグも人工呼吸器や鼓動モニターもなにもなかった。

身に着けているものといえば、浴衣のような薄っぺらなお仕着せ一枚だけで、最悪なのは足になにも履いていないことだった。裸足では闘いようがなかった。たとえ相手の股ぐらに蹴りを入れたとしても威力は半減するだろうし、大男の革靴で踏みつけられでもしたら手もなく悲鳴を上げてしまうに違いなかった。

相手がやみくもに突進でもしてくれれば勝機を見つけることができるかも知れなかったが、部屋の中央に立った大男は大木のようにじっと動かず、無言で茶屋が攻撃するのを待っていた。

茶屋は真梨子から手渡されたスマホを握りしめてベッドの横に立った。

ゆっくりと大男に歩み寄って正対すると、腕をふり上げて握りしめたスマホの角を男の額に叩きつけようとした。

しかし男は意外にも俊敏だった。

腕をふり上げた瞬間、腹に強烈な一撃がきて茶屋は床に這いつくばった。

痛みをこらえて両膝を床について顔を上げると、大男は太い首をかしげて茶屋を見下ろしていた。

腹を押さえて立ち上がろうとしたとき、腿を蹴りつけられた。茶屋は床のうえに無様に転がった。

大男は倒れた茶屋の膝を踏み潰す勢いで、体重を乗せてうえから蹴りつけた。

茶屋は思わずうめき声を洩らしてのたうちまわった。

一度、二度、三度。四度目に蹴りだされた足を両手でなんとか抑え、男の片足をつかんだまま茶屋はよろよろと立ち上がった。

不敵な笑みを浮かべている男の顔面に拳を叩きこんだ。

不意を食らって顔面をおおった男の右手をとって茶屋は両手で握りしめた。

男の左手の拳が飛んできた。首がもげるかと思うほどの衝撃だった。しかし茶屋は握った手を離さず、両手に力をこめた。二撃目が茶屋の顔面を捉えた。失神しそうになるのを懸命にこらえ、男の右手を握った両手になおも力をこめた。

男の指が折れる音がした。親指を残して四本の指が折れたはずだ。

男は左手の拳をなおもふるってきたが、茶屋は右手を離すと同時にくりだされた左手を空中でつかみとり、両手で握り締めた。

男が膝蹴りを入れようとしてきたが、茶屋は左手を離さずなんとか腹を引っこめて間一髪のところで避けた。

男の小さな目にわずかに狼狽の色が浮かんだのを茶屋は見逃さなかった。左手を握りしめたまま男の腕をねじり上げて背中にまわした。

後ろ向きになった男は、茶屋を背中に乗せて背負い投げの要領でふり落とそうと試みた。

茶屋はなんとか踏ん張りながら、全身の力をこめて男の左手を握りつぶした。こちらも親指以外のすべての指の骨が折れたはずだった。

手を離すと男がこちらに向き直り、茶屋の胸元めがけて突っこんできた。

茶屋が楽々と体をかわすと、男はそのまま突進して壁に頭から衝突した。

部屋が揺れ、壁にひびが入った。

男は壁にめりこんだ頭を引き抜くとふたたび向かってきた。

茶屋はこれも易々とかわし、同時に足払いをかけた。

男の巨体が一瞬浮き上がったように見えた。

男は勢いそのままに向かい側の空いているベッドに倒れこんだ。男の体重を支えきれず、分厚いマットレスを残してベッドが真っ二つに折れた。

しかし男は懲りずに立ち上がると、茶屋をめがけて突進してきた。

茶屋はとっさに体を回転させて、男の顔面に肘を打ちこんだ。

男が顔面をおさえて床に膝をついた。どうやら鼻はついていたらしく、骨が折れた両手の指のあいだから盛大に鼻血が流れだした。

茶屋は男の顔面を、おおっている両手のうえから容赦なく殴りつけた。

部屋のドアを乱暴に叩く音がした。

「なにをやっているんです？　病室のなかで騒がないで下さい。お隣りから苦情がきていますよ」

ドアが開き、中年の看護師が顔をのぞかせた。

茶屋に殴られるままになっていた男が機敏に立ち上がり、目を丸くしている看護師を突き飛ばして廊下に逃れた。

後を追って駆けだそうとしたとき、男に蹴りつけられた膝に激痛が走って茶屋は床に崩れ落ちた。

7

一色香は約束した時刻に署にやってきた。紺のスーツ姿の香は学生らしい初々しさで、とても夜の店で働いている女のようには見えなかった。

「ここまではどうやってきました?」

香を署長室に案内しながら雨森は尋ねた。

「バスです」

「道には迷いませんでしたか」

「少しだけ。この辺りは何度も通ったことがあるのですが、ただの大きな神社だとばかり思っていたので、境内のすぐ横に警察署があるなんて意外でした。それに建物もとても古くて警察署のように見えなかったものですから」

香がいった。

署長室には鶴丸《つるまる》がいて、自前のパソコンを机のうえに置いていた。鶴丸はコットンパンツにポロシャツという恰好だった。

署長は今日もどこかにでかけているらしく留守だった。

鶴丸の出で立ちを見た香が訝しげな表情になって雨森の顔を見た。

「この男がモンタージュをつくります。ご心配なく、彼もここの刑事ですから」

雨森がいった。

香は、背広も着ずに普段着でパソコンを操作している若い男が刑事と聞いて目を丸くした。

雨森は香を鶴丸の横に座らせ、自分は向かい側に腰を下ろした。

鶴丸は押収したポルノ写真に前任署の署長の顔を貼りつけてネット上に拡散させ、動坂署に左遷された男だった。

「コーヒーでもお飲みになりますか。コーヒーでしたらすぐに淹《い》れられますが」

雨森が香にいった。

「いえ、けっこうです。あの、わたしはどうすれば良いんでしょう」

香が雨森に尋ねた。

「あなたが会った男の印象を思いつくままいってくれれば良いんです」

鶴丸がパソコンのマウスを操作しながらいった。

「印象？」

「ええ」

「たとえばどんな印象をいえば良いんでしょうか」

「金持ちで上品そうだったとか、貧乏臭くてがめつそうな顔をしていたとかなんでも良いんです」

「がめつそうって、それでモンタージュがつくれるんですか」

「このパソコンのなかに五十万枚の顔写真が収められています。男性が二十二万枚、女性が二十八万枚です。まず写真のなかから男性を選びます。十代が一万枚、二十代が五万枚、三十代が七万枚、四十代以上の年齢の男性が九万枚です。あなたが見た男は四、五十代に見えたということなので、四十代以上の男性の写真を選びます。これで準備完了です」

鶴丸がいい、香がとまどったような視線を雨森に向けた。

「まず第一の質問をします。その男は肥っていましたか、それとも痩せていましたか」

鶴丸がいった。

「もうはじまっているのですか」

「ええ、はじまっています。どうです？　男は肥っていましたか、それとも痩せていましたか」

「肥ってはいませんでしたが、痩せているというほどではありません」

「つまり、中肉中背だった？」

「いえ、背は高いほうでした」

香がいった。

「その調子です。背の高さは大体どれくらいに見えましたか」

「おそらく百八十センチくらいだったと」

「素晴らしい。それだけで候補写真が大分絞れます。丸顔でしたか、それとも長い顔でしたか」

「ええと」

香がふたたびとまどったように雨森の顔を見た。

「あなたの印象をいってもらえれば良いんです」

雨森はいった。

「丸顔ではなく、卵形でした」

香がパソコンの画面を見つめている鶴丸にいった。

「馬面ではなかったのですね」

画面に視線を向けたまま鶴丸が香に聞いた。

「ええ、長い顔というより卵形でした」

香が答えた。

「目鼻立ちはどうでした？　整った顔立ちでしたか、それとも醜男でしたか」

「醜男？」

「ええ、たとえば一目見ただけで吹きだしてしまいそうになったとか」

鶴丸がいった。

香がまたしても雨森を見た。鶴丸のことばを冗談だと思ったようだった。こんなやりとりをつづけて本当にモンタージュがつくれるのかと明らかに疑わしく思っている表情だった。

「大丈夫ですから」

雨森は香にいった。

「醜男ではなく、ハンサムな方でした」

自分を落ち着かせるように短く息をひとつ吐きだしてから、香が鶴丸にいった。

「金持ちそうでしたか、それとも金に困っているような人相だった？」

「お金に困っている人の人相がどういうものかわかりませんが、お店にくるのは裕福な方ばかりです」

香がいった。

「上品そうでした?」

「ええ。とても」

「色白でしたか、それとも色黒だった」

「色白でした」

香がいった。

「金持ちで知的で上品そうな紳士。あなたの印象だと、そんな感じだったのですね?」

「はい」

「なるほど。これで候補の写真が二百枚まで絞られました。あとは顔の造作をひとつひとつ詰めていくだけです。まず、髪です。髪はどうでした。毛髪の量は多かった?それとも薄かったですか」

「髪の毛はふさふさしていました」

「毛量が多かった」

「ええ」

「眉毛はどうです？　濃かったですか」

「あの、なんといったら良いか」

「一目見たときどう感じたか。あなたの印象でかまわないのです」

鶴丸がいった。

「濃くも薄くもなく、ふつうだったように思います」

「鼻は高かったですか、それとも低かった」

「高かったです」

「どんな鼻でした。たとえば鷲っ鼻だったとか、団子っ鼻だったとか」

「鼻筋が通ったまっすぐな鼻をしていました」

「口は大きかった？　それとも小さかった」

「大きくも小さくもなく、ふつうでした。それ以外にいいようがありません」

とまどいながらも香の受け答えは明快でよどみなかった。頭の良い女性だと雨森は思った。

「唇はどうです？　厚かった、それとも薄かった」

「ええと」

香が視線を上に向けて束の間考える表情をした。

「薄いほうだったと思います」

「これはどうです？」

鶴丸がパソコンの画面を香のほうに向けた。

「似ています」

香がはじめて鶴丸の顔を正面から見ながら答えた。

「どこが違うのかいってみてください」

「え？」

「どこを修正すればもっと似ると思いますか。目ですか、耳ですか」

「なんといったら良いか……。どこが違うかといわれても一言では言い表せません」

パソコンの画面を見つめながら香がいった。

「じゃあ、写真を替えてみましょう」

鶴丸がマウスを動かすと、画面が変わった。

「これはどうです」

「違います」

香がいった。

「前の写真のほうが似ていました」

「では、これは」

「これも違います」

香が首を横にふった。

「じゃあ、これは」

別の画面に変わったとたん、香が息を飲んだ。

「これです。そっくりです」

「そっくりということは本人ではないということですよね」

鶴丸がいった。

「はい？　でもとても似ています。モンタージュならこれで十分なのではないですか」

「そこいらのモンタージュならこれで十分でしょうが、ぼくは完璧を目指しているので。どこが違うかいってみてください」

「どこが……。ええと」

香が困惑したようにつぶやいた。

「急がなくてけっこうです。ゆっくり考えてください」

雨森がいった。

「目です。もっと鋭い目をしていたような気がします。笑っているのに、目だけは笑っていなくて、瞳の奥がぎらぎら光っているような」

「じゃあ、修正してみましょう」

鶴丸がマウスを動かした。マウスの動きに合わせて、顔写真の目の部分が少しずつ変化していった。輪郭が強調され、はっきりとした切れ長の目になった。

「そうです。こんな感じです。でもまだ少し……」

「まだ少し違和感がある。そうですね、どこに違和感があるのか、どんなことでも良いからいってみてください」

「頬から顎にかけて、もう少し痩せていたというか」

「頬が痩けていたんですね」

「いえ、痩けていたのではなく、頬骨がでていて、顎はもう少し細かったような気がします」

香がいった。

鶴丸がマウスを動かすと、画像が少しずつ変化した。

「そう、これです」

香が声を上げた。

「そっくりです。いえ、本人そのものです」

鶴丸がパソコンの画面を雨森のほうに向けた。そこには整った顔立ちながら、いかにも尊大そうな男の顔があった。

「この男で間違いありませんか」

雨森が香に聞いた。

「はい。間違いありません」

香がいった。

雨森はソファから立ち上がると、署長の机のうえの内線電話をとりあげた。

「課長、署長室まできてもらえませんか」


部屋に入ってきた鹿内は雨森の説明ですぐに事情を飲みこみ、鶴丸のパソコンの画面を見た。

「この男が七日前に柘植さんとふたりで店をでたのですね」

鹿内が香に尋ね、香がうなずいた。

「この男が誰なのか、すぐに身元を当たってくれ」

鹿内が鶴丸にいった。

「身元、ですか」

鶴丸が眉を吊り上げた。つねに自信満々の鶴丸がそんな顔をするのを雨森が見たのははじめてだった。

「できないのか」

「まるきり不可能という訳ではありませんが、膨大な手順が必要になります。指標となるようなパラメーターがひとつふたつあれば別なのですが」

鶴丸がいった。

「それなら指名手配犯のリストはどうだ」

「そういう検索は警視庁に頼んだほうが早いでしょうね。犯罪歴のある人間をぼくひとりで片っ端から洗いだしていくとなったら一週間、いや二週間以上はかかってしまうかも知れません」

鶴丸がいった。

「よし、わかった。警視庁に頼む必要はない。警察庁の監察官でコンピューターに通じている人間がたまたま愛宕市にきているからな」

鹿内がいった。

鶴丸は鹿内がなにをいっているのかわからなかったらしく問いかけるような顔を雨

森に向けてきたが、雨森にも返事のしようがなかった。

8

大男の襲撃を受けた翌日の夕方まで、茶屋は不本意ながら入院することになった。膝が痛んで歩くことができなかったのだ。

ふたたび病室にきた真梨子になにがあったのか訊かれたが、うまく説明することができず、なにがあったのかおれも知りたいくらいだと答えるしかなかった。

縣からも電話がきた。

「昨日事故があって、あんたが入院したって聞いたけど、なにがあったの」

「鷲谷先生から話があるってメールがきて、病院にくる途中で二台のゴミ収集車に挟み撃ちされた。運転手がなんとか逃げようとして道端の建物に衝突したんだ」

「運転手は無事だったの」

「ああ、無事だ。少なくとも命に別状はないそうだ」

「よかった。本当に先生からのメールだったの」

「いや、なりすましだ。まんまと罠にはまった」

「あんたも怪我をしたんでしょ？」

「大したことはなかった」

茶屋がいった。

「そのあと病院でも騒ぎがあったって聞いたけど」

縣の耳が早いのはいつものことで、茶屋はいまさら驚きもしなかった。

「大男に襲われた。間違いなく日馬の手下だ」

「大男って？」

「おれより大きな男だよ」

「あんたより大きな男がいるなんて驚き。その男はどうしたの」

「逃げられた」

「残念だったね。捕まえられればなにか聞けたかも知れない」

「そいつは怪しいな」

茶屋はいった。たとえ身柄を拘束できたとしても、簡単に口を割るような人間にはとても見えなかった。

「あんたが襲われるなんて、考えもしなかった」

「ああ、おれもだ。しかし悪いことばかりじゃない。日馬が焦って浮き足立っているとわかったからな。おれたちがやつの痛いところを突いた証拠だ」

「それにしても早いね」

縣がいった。

「なにが早いんだ」

「あんたを標的と定めてから、あんたと真梨子先生の親密な関係を探りだすまでよ。彼らは真梨子先生からの呼びだしならあんたはきっと応じると確信していた訳だから」

「人聞きの悪いことをいうな。おれは鷲谷先生と別に親密なんかじゃないぞ」

「相手はなんとしてでもわたしたちの口をふさごうとしている。油断していられないわ」

茶屋のことばを受け流して縣がいった。

「油断などするか」

茶屋はいった。

「で、これからどうするの」

縣が尋ねた。

「今日の夜にでもさっそく石長に会いに行くつもりだ」

「それならわたしも行く」

「口出しはするなよ」

「しない。ただ見物についていくだけ」

縣がいった。


縣が病院にきたのは午後六時過ぎだった。

正面玄関の自動ドアが開いて建物のなかに入ってきた縣は明るい色の薄手のワンピースに青い上着という出で立ちで、いままで茶屋が見たなかでいちばんまともなものだった。片手にはいつものようにノートパソコンを抱いていた。

縣は待合室のソファに座っていた茶屋を見つけると、軽い足どりで歩み寄ってきた。

「退院して大丈夫なの？」

「ああ、大丈夫だ。さあ、でかけるか」

茶屋は立ち上がった。膝はまだ痛んでいたが、なんとか歩けるほどには回復していた。

ふたりは病院をでると、客待ちをしていたタクシーに乗った。

「ほんとだ」

車の窓から病院の建物を見上げながら、縣が小さな声でつぶやいた。

「なにが本当だ、なんだ」

茶屋が聞いた。

「真梨子先生が、夜になると一般外来棟はライトアップされるっていってたの」

縣がいった。

「本当にきれい」

茶屋は思わず縣の横顔を盗み見ずにはいられなかった。

タクシーは国道を下っていき、物流センター前の大通りを通って、県道二九九号線を横切った。再開発区域を走る国道を抜け、そこから城山《しろやま》リバー・サイド通りと名づけられた長い一本道をのぼっていくと、丘陵地帯に固まっている高級住宅地にたどり着いた。

「左手のあの家だ」

茶屋は坂道を登り詰めたところに建つ邸宅を指さした。すでに陽は傾いて外は暗くなりつつあったが、家には明かりが灯っていなかった。

運転手が車を路肩に寄せ、ブレーキを踏みギアを駐車モードに入れた。

「ここでやつが帰ってくるのを待とう」

「家族はいないの？」

「何十年も前に離婚している。子供もいない。男のひとり暮らしだ」

「すぐに帰ってこなかったら？」

「やつは酒を飲まない。趣味は毎週のゴルフだけだ。明日は休日だから、さっさと帰宅して明日に備えて早寝しようとするはずだ」

「くわしいのね」

「やつはいまでこそ弱小署の署長などにおさまっているが、昔は県警本部の刑事部長やそのうえでさえ夢ではないといわれていた男だったんだ。東京の国立大学を首席で卒業しているうえに制服警官から刑事に抜擢され県警本部に異動になるのも誰よりも早かった。しかし十五年前にある県会議員の娘が誘拐され、犯人逮捕の一歩手前のところで対応を誤って出世コースから外れた。おそらくそのせいで性格までねじ曲がってしまったんだな。禿頭の風采の上がらない男だが、見かけによらずインテリでもある」

茶屋がいった。

そして茶屋がいった通り、十分もしないうちに黒のセダンがやってきた。車内からリモコンで操作したのだろう、ガレージのシャッターが開き、車がなかに入った。

まもなく石長が現れ、ふたたびリモコンでシャッターが閉じられた。

茶屋は車を飛び降りると、鍵を差しこみ玄関のドアを開けた石長を乱暴に家のなかに押しこんだ。縣もその後についてなかに入った。

「誰だ。誰なんだ」

石長が金切り声を上げた。縣は片手ですばやく壁を探って照明スイッチを見つけた。

天井の明かりが点《つ》き、茶屋の巨体が浮かび上がった。

「茶屋」

茶屋の顔を見上げた石長が目を剥いた。

ひとり暮らしにしては広いリビングルームはきちんと片づいていて、塵ひとつ落ちていなかった。

茶屋が無言で石長を突き飛ばし、小肥りの石長が後ろ向きに倒れこんでソファに尻もちをついた。

「一体なんのつもりだ」

茶屋を怒鳴りつけようとした石長の声が裏返った。

「それはそっちがよくわかっているはずだ」

石長を見下ろしながら、茶屋が口を開いた。

「不法侵入だぞ」

「おれの聞きたいことが聞けたらすぐにでて行ってやるよ」

「貴様、おれを誰だと思っているんだ。鞍掛《くらかけ》署の署長だぞ。階級が上の人間に対する口の利き方というものがあるだろう。無礼にもほどがある」

「知っているかも知れないがな、おれは気が長いほうじゃないんだ。さっさと知っていることをしゃべらんとなにをしでかすかわからんぞ」

茶屋がいった。

そのとき石長が茶屋の背後に立っている人間にはじめて気づいたように、縣に目を向けた。

「その女は一体なんだ」

石長が縣を指さしていった。

「ああ、この女なら気にすることはない。ただの見物人だ」

茶屋が背後をふり返り、すぐに向き直っていった。

「見物人？」

「オブザーバーってやつだよ。だから気にするな」

「訳のわからんことをいうな。その女を連れてさっさとでて行け」

「同じことを何度もいわせるな。聞きたいことが聞けたらすぐにでて行ってやるといっているだろう」

「なにをいっているのかさっぱりわからん。お前の聞きたいことがなにかなど、おれにわかるはずがないだろう」

石長がいった。

「とぼけるな。木村と中村がおれにしゃべったんだよ。お前たちが血眼《ちまなこ》になって捜しまわっている人間のことだよ」

茶屋がいった。

「なんのことかわからん」

石長が正面から茶屋の顔を見つめながらいった。

「年齢は七、八十歳で、身長百五十センチ前後の白髪頭の年寄りだ」

「知らん。なにをいっているのか見当もつかん」

石長がいった。

「お前が金で丸めこんだ二輪《にわ》もすらすらしゃべったぞ。あんたと『愛宕セキュリティー・コンサルタント』の日馬《くさま》との関係もな」

「知らん」

「三年前、あんたが日馬に頼まれて死亡事故をもみ消したこともわかっているんだ。こっちは証拠もそろっているうえに目撃者までいる。被害者の親族が告訴したらどうなると思う。お前は懲戒免職どころか懲役刑だ」

「知らん」

石長が顔をそむけた。

業を煮やした茶屋が石長の襟首をつかんで体ごともちあげた。

「なにをする。下ろせ、下ろさんか」

宙に浮いた石長が足をばたつかせながら叫んだ。

「お前たちが捜している年寄りは誰なんだ。名前をいえ」

「知らんといったら、知らん」

茶屋が喉元を締め上げている手に力をこめた。

「止めろ。止めてくれ」

顔を真っ赤にした石長がうめいた。

「お前たちが捜している年寄りは誰だ」

した。

「知らん。おれはなにもいわんぞ」

石長が喘《あえ》ぎながらいった。

茶屋が襟首を締め上げていた手を離し、石長はふたたびソファのうえに尻から落下した。

「暴力をふるったな。訴えてやる。お前のことをかならず訴えてやるからな」

石長が喉元をさすりながら、かすれ声をふりしぼっていった。

茶屋の後ろでふたりのやりとりを黙って聞いていた縣が進みでて、石長の前の低いテーブルにノートパソコンを置いた。

「これを見て」

パソコンの画面を開きながら縣が石長にいった。石長は怪訝な表情をしながらも、いわれるがままパソコンの画面に目を向けた。

「これがなにかわかる？」

「これは」

石長が眉間に皺を寄せて画面に目を凝らした。

「これはあなたの預金口座。よく見て。あんたが口座を開いた銀行の支店名も口座番号も合っているでしょう？」

「どうしてこんなものが」

石長が驚愕の表情で縣の顔を見た。

「悪い人がいてね。あんたのクレジットカードのデータを盗んであちこちで買い物をしているみたいなの。ほら、見て」

石長がパソコンに視線を戻すと、画面にならんでいる数字から七桁の数字が消えた。

「五百万？　五百万だと」

「ああ、残高がまた減っちゃった」

縣がいった。

石長があたふたと上着のポケットを探り、財布をとりだした。

「おれのカードならここにある」

石長が財布のなかからクレジットカードを抜きとって縣に見せた。

「セキュリティコードも盗まれたのね。あ、また減った」

「八百万？　そんな馬鹿な。止めろ。いますぐ止めるんだ」

石長が縣にいった。

「なんとかしてやりたいけど、残念ながらわたしにはなにもできないわ」

縣がいった。

同時に残高からさらに大きな金額が消えた。

石長が携帯をとりだし、顫える手で電話をかけた。

「おれだ。石長だ。顧客番号は３０４７９５１だ。誰かがおれのクレジットカードを使って大量に買い物をしている。いますぐカードを失効してくれ。そうだ、石長だ。良いな、いますぐにだぞ」

電話を切ると、石長はパソコンの画面を食い入るように見つめた。

「よかった。これで安心ね」

縣が石長にいった。

「あれ、おかしいな。誰かさんはまだ買い物をつづけているみたい」

支払金額の欄に今度は一桁うえの数字が現れ、残高欄から同じ金額が消えた。

「どういうことだ。カードは無効になっているはずだぞ」

石長が縣に向かって大声を上げた。

「カード会社が手続きに手間どっているのね。このままだと残高が減る一方だわ」

縣が言い終わらないうちに、またしても八桁の金額が残高から消えた。

「おい、どうにかしろ。止めろ。頼むから止めてくれ」

「だからわたしにいっても、わたしはなにもできないって」

「止めろといっているだろう、この女《あま》」

縣に飛びかかろうとした石長を茶屋が押さえて軽々と放り投げた。

「頼むから止めてくれ」

ソファのうえに転がった石長が縣に向かってすがるようにいった。

「このままだと預金が全部なくなっちゃうよ」

縣がいった。

「頼む。頼むから止めてくれ」

石長が両手をこすり合わさんばかりにして懇願した。

「ああ、また減った」

パソコンの画面を見ながら縣がいった。

「わかった。話す。話すから止めてくれ」

石長がいった。

縣がパソコンの画面から視線を外し、石長の顔を見た。

「お前たちが捜している年寄りは何者なんだ」

石長を見下ろしながら茶屋がいった。

「その前におれの金を元に戻せ。戻すまではなにもしゃべらんぞ」

石長がいった。

縣が茶屋を見上げた。

茶屋はしばらく考えてから、不承不承うなずいた。縣がパソコンのキーを押すと、口座の支払金額の欄に現れた数字がつぎつぎと消えていき、残高が元の数字になった。

「これで元通りになったよ」

縣が石長にいった。

「年寄りの名前をいえ」

茶屋が石長に聞いた。

「頭師倫太郎《ずしりんたろう》だ」

石長が答えた。

「その年寄りは能判官秋柾《のうじょうあきまさ》のところで働いていたのか」

茶屋の問いに石長がうなずいた。

「どんな仕事をしていたんだ」

「ブックキーパーだ」

石長がいった。

「ブックキーパーって、帳簿係のこと？」

縣が石長に尋ねた。

「なんのことだ」

茶屋が縣を見た。

「ブックキーパーって、英語で帳簿係のことだから」

縣がいった。

「そうなのか？」

茶屋が石長に向き直って尋ねた。

「いや、違う。文字通り本の管理者のことだ」

「本の管理者だと？　一体なんの本だ」

「それは知らん」

石長がいった。

「貴様、好い加減にしろよ」

茶屋がふたたび石長につかみかかろうとした。

「待ってくれ」

石長が茶屋を押しとどめようと、とっさに両手を前に突きだした。

「おれは見たことがない。だが、日馬の話ではある種の記録だということだ」

「なんの記録だ」

「能判官家が五百年にわたって集めてきたありとあらゆる記録だよ。古いところでは、江戸時代の豪商が大名家に宛ててだした手紙や勘定書《かんじょうがき》もあれば、明治時代の中央の政治家と町の有力者の軍事機密に関わる違法な取り決めを書き留めたものや第二次大戦後に雨後の筍のようにでてきた成金や気鋭と謳われた政治家たちの宴席での密談の詳細な記録まであるそうだ。右翼左翼にかかわらずな。そういうさまざまな記録がこの時代にいたるまで連綿とつづいているという話だ」

「それが一体なんだというんだ」

茶屋がいった。

「わからんのか。愛宕市には能判官家以外にも長くつづく家がいくつもある。企業の役員のほとんどはそういう家柄の出身だし、なかには裁判官や検察官、警察組織の幹部になっている人間までいる。彼らは元をたどればかならずどこかの家とつながりがあるんだ」

「つまり、能判官家は愛宕市の有力者たちの弱みを探りだそうと思えば、簡単にそれができるという訳ね」

　縣がいった。

「そういうことだ」

「しかし、日馬はなぜ頭師という年寄りを捜しているんだ」

　茶屋がいった。

「能判官古代《こだい》のことはもう知っているな？」

　石長が茶屋に聞いた。

「ああ、知っている」

「古代は父親の秋柾が入院したと知ると、当主の座を継ごうとして愛宕市に帰ってきた。父親が死んで自分が後釜に座れば、自動的に能判官家の権力を手にすることができると考えてな。しかし古いしきたりで能判官家の記録に触れることができるのは代々頭師家の者だけと決まっていて、当主ですら記録に近づくことができないということを知らなかった。だから必死になって頭師を捜しているんだ。頭師がいなければ、能判官家の当主といえども案山子《かかし》も同然の無力な存在にしか過ぎんからな」

「その記録はどこにあるの」

　縣が訊いた。

「それも頭師しか知らん。日馬は膨大な文書をデジタル化してUSBメモリーやハードディスクに保管しているはずだと考えているらしい」

「お前たちは頭師を見つけた。そうだな？」

茶屋が石長に聞いた。

「一度だけな。もう一歩というところで邪魔が入った」

「鈴木一郎だな」

茶屋がいった。

石長が目を見開いて茶屋の顔を見た。

「頭師さんをどうやって見つけたの」

縣が尋ねた。

「頭師が電話をしてきたんだ。明石堀《あかしぼり》の現代美術館にいるとな」

「本人がわざわざ居場所を報せたというの」

「ああ、そうだ」

「なぜ」

「そんなことは知らん」

石長がいった。あきらめきった表情で、嘘をいっているようには見えなかった。

「ほかにいっておくことはないか」

茶屋がいった。

「おれが知っているのはこれだけだ。全部話した」

石長がいった。

「おれはこれからどうなる」

「決まっているだろう。刑務所行きだよ。たとえ事故だったとしても、ひとりの人間が死んだ事実をなかったことにしようとしたんだからな」

「逮捕するのか」

「当然だ」

「日馬にはおれがしゃべったことは秘密にしてくれ」

「おれが秘密にしても日馬はいずれ知ることになる。裁判になったらお前は証言をしなければならないんだからな」

石長が光を失った目でしばらく茶屋の顔を見つめたかと思うと、力なくうなだれた。

「だがそれほど気を落とすことはない。行儀よく服役すれば十年か二十年で社会復帰できる。その頃にはお前もよぼよぼの年寄りで仕事に就くのは無理かも知れんが、それだけ貯金があれば老後の生活資金としては十分なはずだ。どこかの田舎にこもって静かに暮らすことだ。逃げたりしてみろ、貯めこんだ金がさっきみたいに一瞬でなくなるぞ。良いな、わかったな」

石長が操り人形のようにぎこちなくうなずいた。

「さあ、引き揚げるか」

茶屋が縣に向かっていい、ふたりは家の外にでた。

タクシーは停まった場所でふたりが家からでてくるのを待っていた。

「口出しはしないという約束だったろうが」

タクシーに乗りこんだ茶屋が縣にいった。

「ごめん。わたし、あんたよりずっと気が短いから」

縣がいった。

「あ、メールがきてる」

「誰からだ」

「動坂署の鹿内さん。頼みたいことがあるから署にきてくれないかだって」

「おれもいっしょに行こう。おい、車をだしてくれ」

茶屋が運転手に向かっていった。

「それにしても金を戻したのは業腹《ごうはら》だったな。せめて金額の十分の一くらいになるまで削っておくべきだった」

　車が走りだすと茶屋がいった。

「なんのこと？」

「石長の預金のことだ。決まっているだろう」

「石長の銀行から口座番号を盗んだのはたしかだけど、あとはパソコンの画面を操作していただけ。彼の預金には最初から一切手をつけていない」

「本当か」

「ええ、本当。だって人のお金を盗むなんて泥棒じゃない」

　縣がいった。

9

　鶴丸は定時に帰っていったが、雨森は東京からきた監察官だという女の顔がどうしても見たくて鹿内とともに署に残ることにした。

　署長室で待っていると、県警本部の茶屋ともうひとり薄手のワンピースにジャケットを羽織った若い女が入ってきた。

「よくきてくださいました」

鹿内はソファから立ち上がって茶屋ではなく若い女のほうに顔を向けた。まさかこの女が警察庁の監察官なのかと雨森は目を疑った。しかもつねにひとりで行動することで有名な茶屋が監察官の女といっしょにいることも意外だった。

「この男は雨森君。雨森君、こちらが警察庁の鵜飼さんだ」

鹿内に立つよう促され、雨森は立ち上がって見知らぬ女に向かって頭を下げたが、女は雨森のほうに顔を向けようともせず、「よろしく」とそっけなくいっただけでソファに腰を下ろした。

あまりに無愛想な態度に、この女が本当に警察庁の監察官なのだろうかと雨森はますます混乱した。

「それで、わたしに用ってなに」

女が切口上で鹿内にいった。雨森は女の突《つ》っ慳貪《けんどん》な口調にふたたび驚いたが、さらに驚いたのは女の乱暴な口の利き方を鹿内がまったく意に介していないらしいことだった。

「初音署の管内で柘植龍男という大学院生が行方不明になりまして」

鹿内は女にいわれるがまま、すぐに用件に入った。

「行方不明者届をだしにきた友人によると姿が見えなくなってから一週間は経っているという話だったのですが、七日前に矢倉坂のある店に現れたことがわかったのです。矢倉坂というのはブランドものの服や宝飾品を扱う高級な店がならんでいる地区なのですが、その店はちょっと特殊で、男ばかりが集まるクラブなんです」

「キャバレーやクラブに男ばかりが集まるのは当り前のことなんじゃないの？」

女がいった。

「ことばが足りませんでしたね。正しくは男ばかりが集まるではなくて、男同士のふたり連れが集まるクラブなのです」

「ゲイバーってこと？」

「ええ」

鹿内がうなずいた。

「しかもふつうのゲイバーではなく、会員制で客も裕福な人間ばかりです。その店で柘植が中年男としゃべっていたというのです」

「初音署の事件をどうして動坂署が扱っているんです」

女の横に座った茶屋がいった。茶屋とこの女は一体どんな関係なのだろうかと雨森は首をひねった。

「実はうちの管内でも行方不明になっている人間がいる。こちらは四十代の女性なんだが、彼女が誘拐されたのが六日前なんだ」

鹿内が茶屋に向かって答えた。

「柘植という大学院生は非常勤講師になれなかったうえに学校側に内緒で寝泊まりしていた研究室から追いだされて世をはかなんでいたという話で、女性のほうは会社の重役で私生活も順調だったというので、ふたつの事件はまったく関係がなく、失踪した日付が近いのも単なる偶然だろうと思っていたのだが、柘植が男とふたり連れでいたとなるとはじめから考え直すべきなのではないかと思ってね。なにしろ雨森君によると、柘植は店にいるあいだ終始上機嫌で、とても自殺を考えている人間のようには見えなかったと店の従業員が話したらしいのだ」

鹿内はそこまでいうと、女に向き直った。

「それでふたりを見たという従業員の女性をここに呼んで、柘植といっしょにいた中年男のモンタージュをつくったのですが、それでなんとか男の身元を探りだせないかと思いまして」

「モンタージュから身元を割りだすことができないかってこと？」

「ええ。できますか」

「モンタージュって似顔絵？」

女が訊いた。

「CG画像で、写真と同じです」

「じゃあ、それを見せて」

「雨森君」

鹿内にいわれて雨森は机のうえのプリント用紙を女のほうに滑らせた。胸の内ではコンピューターおたくの鶴丸にもできないことをこんな女ができるはずがないと高をくくっていた。

「え？」

プリントを見たとたん女が小さく声を上げた。

「なにか」

鹿内が女に聞いた。

「この男が七日前に若い男とゲイバーで話していたというの？」

プリントを見つめたまま女が逆に聞き返した。

「そうです」

「なんだかおかしなことになってきた」

女が意味不明なことをつぶやいた。

「どうです、なんとかなりそうですか」

女は鹿内には答えず、ジャケットのポケットから携帯をとりだすと迷いのない手つきで二、三度画面を叩いた。

「はい、これ」

女が携帯を机の真ん中に置いた。

「もうわかったのですか」

鹿内が驚いたように身を乗りだし、雨森も半信半疑で首を伸ばした。

携帯の画面には、鶴丸が苦労してつくったモンタージュとそっくりの男が映っていた。

まるで手品だった。雨森は思わず女の顔を見た。

「なんという速さだ。茶屋君、こんなことが信じられるかね」

「ええ、まあ」

茶屋はとくに感心したようでもなく、なぜか苦笑いを浮かべただけだった。

「ネットからダウンロードした訳じゃないの。保存してあった写真を呼びだしただけ」

　女がいった。

「誰なんです、この男は」

　鹿内が女に尋ねた。

「能判官古代」

「能判官？　ひょっとして能判官家とかかわりある人間なのですか」

「能判官秋柾氏の息子。秋柾氏にはずいぶん昔に親子の縁を切って家を追いだしたひとり息子がいるという噂があるってあなたのお父さんから聞いた」

　女がいった。

　女は鹿内の父君である鹿内創業の総帥鹿内安太郎《やすたろう》とも知り合いらしかった。一体この女は何者なのだ。雨森は女の顔をまじまじと見つめずにいられなかった。

　茶屋が机のうえの携帯を手にとって写真をたしかめると、隣りに座っている女と目を見交わした。

「この男は氷室賢一郎殺しにも関係しているかも知れません」

　茶屋が携帯を机に戻すと鹿内の顔を見ていった。どんな関係なのかはわからないが、茶屋と女のやりとりは長年コンビを組んだ人間同士のように息がぴったり合っていた。

「なんだって」

「秋柾氏が三年前弁護士、かかりつけの医者、それに家政婦の三人の名前から経歴までを偽造したうえで愛宕市から遠ざけたことはこの鵜飼さんから聞いていると思いますが、賢一郎氏だけでなくその三人を殺害したのもこの男の配下ではないかと思われるのです」

「配下とは誰だね」

「古代は三年前とつぜん愛宕市に現れると『愛宕セキュリティー・コンサルタント』という会社を立ち上げました。そこの社長をしている日馬という男です。『愛宕セキュリティー・コンサルタント』は主に企業のサイバーセキュリティーを請け負っている会社ですが、個人向けのボディーガードの派遣業もしていて、社員のほとんどが元警察官か元自衛官なのです。社長の日馬自身にもアフリカなどの紛争地域を渡り歩いていた経験があるそうです」

「それは、また」

さすがの鹿内も一瞬ことばを失ったようだった。

「しかし、その能判官古代や日馬という男はなぜ四人もの人間を殺したのだ」

「秋柾氏が愛宕市から逃がしたのは三人だけでなく、四人目の人間がいるかも知れないって話したでしょう？　その四人目の行方を追って死に物狂いで捕まえようとしているの」

女が鹿内にいった。

「その四人目というのは誰なんです？」

「頭師倫太郎という老人らしい」

女がいった。

「その人もやはり秋柾氏の下で働いていたのですか」

「能判官家は昔からこの町で起こるさまざまな諍いや揉め事を陰で仲裁する役割を果たしてきたらしいんだけど、それほどの権力がなにに由来するのか、その秘密を握っている人」

「秘密とはなんです」

「五百年以上前から能判官家がさまざまなところから集めて保存していた膨大な記録」

女がいった。

「記録、ですか？」

女の答えは予想外だったらしく、鹿内が気が抜けたようにつぶやいた。

「いましがた石長から話を聞いてきたところなんですが、石長も事実だと認めました」

茶屋がいった。

「石長？　鞍掛署の石長のことか」

「そうです」

「石長の名前がどうしてこんなところにでてくるんだ。いまの話になにか関係しているのかね」

「はい」

茶屋がうなずいた。

「三年前、東京から何十年かぶりに帰ってきた古代は鞍掛署の管轄内で死亡事故を起こしたのですが、石長が署ぐるみでその事実を隠蔽しました」

「署ぐるみで事故を隠蔽しただと？」

信じられんといわんばかりに、鹿内が眉間にしわを寄せた。

「なぜそんなことをした」

「日馬と裏取引をしたのです。事故を隠蔽し古代の名前を表にださないと約束すれば、代わりに『愛宕セキュリティー・コンサルタント』が知り得た企業や官公庁の情報を流してやると」

「なんとまあ……」

鹿内が、やれやれというようにかぶりを振った。

雨森には茶屋や監察官だという女が一体なにを話しているのかほとんど理解できなかったが、鹿内でさえ話について行くのがやっとの様子だった。

「失踪した学生と会社の駐車場から誘拐された女性も秋柾氏となにか関係があったのですか」

「ないと思う」

「それならなぜ柘植さんという学生は古代といっしょにいたのでしょう」

「わからないけど、古代には若いころに不行跡があって、そのために秋柾氏から縁を切られたとあなたのお父さんがいっていたから、それかも知れない」

「つまり不行跡というのは同性愛者だったということですか」

「そうじゃなくて、別のこと」

女がいった。

「別のことというとどういうことでしょう」

鹿内が訊いた。

「まさか若いころから見知らぬ人間を誘拐してまわっていたなどというおつもりではないでしょうね」

「誘拐だけなら良いけど、それ以上のことをしているのかも知れない」

女が静かに答えた。

「なんと」

鹿内が顔をしかめた。

室内に重苦しい空気がたちこめた。雨森でさえ、女の話の深刻さが少しずつわかってきた。これがもし本当の話だとしたら愛宕市でも前例のない大事件に違いなかった。

「それで、これからどうされるおつもりですか。能判官古代という男を重要参考人として呼びだしますか」

しばし考えこんでいた鹿内が、気をとり直したように口を開いて女に尋ねた。

「相手がどこにいるかわかっていればそれでも良いんだけどね、いまのところどこに住んでいるのかさえわからない」

「では『愛宕セキュリティー・コンサルタント』とやらに直接乗りこみますか」

「そうしたいのはやまやまだけど、わたしたちがもっているのは状況証拠と違法に集めたデータだけ。日馬に、そんなことは知らないといわれればそれ以上追及のしようがないし、向こうもコンピューターやネットにかけては腕の立つ連中ばかりだろうからやぶ蛇になりかねない」

女がいった。

「しかし、お話をうかがった限りでは能判官古代という男はたいへん危険な人物のようではありませんか。このままなんの手も打たずに野放しにしておくことはできませんね。少なくとも市民に最小限の警告は与えないと」

「そうだなあ……」

女が目を伏せた。

鹿内と茶屋がうつむいた女の顔を無言で見つめた。

女はうつむいたまま身じろぎもしなかった。

「そうか」

しばらく沈黙したあとで女がようやく顔を上げた。

「相手もコンピューターの専門家というのを利用すれば良いんだ」

「どうするのです」

鹿内が女の顔をのぞきこむようにして尋ねた。

「能判官古代を行方不明にするの」

女がいった。

「行方不明にする？」

鹿内が困惑したように眉をひそめた。

「その男がいまどこにいるのかもわからないんだぞ」

茶屋が横合いから口をはさんだ。

「本当に行方不明にする訳じゃなくて、能判官古代が行方不明になっているという情報をネットに流すの」

「ネットに？」

「柘植さんの顔写真といっしょに能判官古代の顔写真もネットに流すのよ。家族が行方不明なので情報を求めています、とかなんとかハッシュタグをつけてね。古代のほうは名前はもちろんだけど、顔も少しだけ変えたほうが良いかも知れない」

「それでどうにかなりますか」

「こうすれば市民たちから嘘や真実とり混ぜて情報が集まってくる。とにかくネットユーザーたちのあいだで噂になれば良いの。それに日馬たちは古代の家族などというのがまったくのでっちあげであることにすぐに気づくはずだから、誰の仕業か探ろうとするに違いない」

「顔を少し変えたほうが良い、というのはなぜです」

鹿内が尋ねた。

「当人そのものずばりの写真よりいろいろなところから幅広く情報が集まるから。これに似た人を見かけたとか、こんな感じの人に見覚えがあるような気がするとかね。それから誘拐された女性はなんというの」

「三浦里子さんです」

「その人の顔写真もいっしょにね」

女がいった。

鹿内と茶屋が顔を見合わせた。

「なるほど、それで行きましょう。顔を少しだけ変えたりするなら、そういう作業が得意な人間がうちにもいます」

鹿内がいった。

第九章

1

日馬《くさま》は、石長《いしなが》が逮捕されたことを地方紙のネットニュースで知った。石長の逮捕は想定していたことだったが、それにしても捜査の進捗が予想外に早かった。

二輪《にわ》に電話をしてくわしい事情を聞くことも考えたが、石長が逮捕された以上二輪の身辺にも捜査が及んでいないとは断言できず、連絡をとらないほうが賢明だと判断した。

オフィスで茶屋《ちゃや》という刑事の経歴を調べてみたが、まず注意を引いたのは身長百九十センチ体重百二十キロという並外れた体格で、これなら日馬が送りこんだ男を撃退したのも納得できた。

刑事としてはたしかに優秀であるらしく、県警本部の刑事部長が是非にと頭を下げて所轄から引き上げたらしいこともわかった。

結婚歴はなく独身。銀行口座を調べてみたが、驚いたことに口座はひとつしかなく、ほかにはどこにも隠し口座はもっていなかった。しかもただひとつの銀行口座には給料以外の金銭の出し入れはなかった。ということは、どこからも賄賂は受けとっていないということだ。

腕力に自信があり潔癖な男だということはわかったが、しかしそれほど頭がまわる男なのだろうかと日馬は考えざるを得なかった。なぜなら茶屋は、日常の業務でも私生活でもコンピューターを使っている形跡もなければ、携帯電話ですらつい最近までもっていなかったのだ。まるで猿人だった。とても現代に生きている人間とは思えなかった。

茶屋という刑事がどれほど優秀であろうと、コンピューターを自由自在に使いこなす能力をもった人間であるようには思えず、少なくとも会社のサーバーに侵入しようとした人間でないことはたしかだった。

茶屋の経歴でただ一点目を引くのは二年前の連続爆破事件を担当していたことで、

鈴木一郎が病院から逃亡した現場にも居合わせていたという事実だった。

ひょっとしたら茶屋と鈴木一郎は単なる刑事と逃亡犯というだけでなく、それ以上のつながりがなにかあるのかも知れない、と日馬は思った。

謎といえば鈴木一郎という男の存在そのものが謎で、公式の記録では連続爆破事件の容疑者として逮捕され精神鑑定のために愛宕医療センターに送られたが、共犯者だった緑川紀尚《みどりかわのりひさ》が病院内に爆弾を仕掛けたうえで職員や入院患者を脅迫し鈴木を奪回した。しかし緑川は患者搬送用のヘリコプターを奪って逃走する途中でなんらかの事故によって死亡し、鈴木だけが生きのびて姿を消したということになっていた。

まず第一になんらかの事故によって緑川が死亡したというのも不可解なら、緑川が逮捕された鈴木を奪い返すために病院に侵入したというのもにわかに信じがたく、信憑性の乏しい話に思われた。

兵士なら別だが、犯罪者が共犯の人間を救うために命の危険もかえりみずに行動したなどという話は聞いたことがないからだ。そうなると、鈴木と緑川が共犯だったという前提自体が怪しくなってくる。

さらに指名手配されて逃亡中の鈴木一郎が頭師《ずし》を捕まえようとした刑事を追い払っただけでなく、吉野という記者を拉致しようとした会社の人間の妨害までした理由がいくら考えてもわからなかった。

日馬は、一度調べた鷲谷真梨子《わしやまりこ》という担当医の診察記録のなかに見落とした記述がないか念のために読み直してみた。

時間をかけて読み直しているうちに、「入陶大威《いりすたけきみ》？」と書かれたメモを見つけた。『入陶』で検索すると、大威というのは愛宕市の財閥入陶倫行《のりゆき》の孫だということがわかった。大威は両親を交通事故で亡くしたあと倫行の庇護の下で育てられていたらしい。

入陶家は氷室《ひむろ》家と関係が深く、とくに倫行と親密だった氷室家の先代である氷室友賢《ともかた》は倫行亡き後、入陶財閥を陰で支えているとまでいわれていたということもわかった。となると倫行の死後、氷室友賢が大威を屋敷に引きとったのかも知れなかった。

そこまで調べて鈴木一郎が氷室家となんらかの関係があるかも知れないということは納得できたが、鈴木が一体どんな目的で動いているのかという肝心なことはいくら考えても皆目見当がつかなかった。

氷室家と入陶家と同じように氷室家は能判官《のうじよう》家とつながりがあり、鈴木は能判官家に長く仕えてきた頭師を守ろうとしているなどという可能性があるだろうか。

氷室賢一郎を殺したときには意識もしなかった（賢一郎は気丈《きじよう》にも息が絶えるまで一言も洩らさなかった）が、能判官家が愛宕市で果たしてきた役割を思えば、氷室家ともどこかで接点があってもおかしくなかった。そこまで考えたときにドアがノックされ関口《せきぐち》がオフィスに入ってきた。

「これを」

関口が手にしていた紙を日馬に差しだした。

「ネットのプリントアウトです」

日馬は用紙に目をやった。それには古代と見たことのない男女ふたりがならんで写っていた。微妙な修整が加えられていたが、間違いなく古代の写真だった。

『愛宕セキュリティー・コンサルタント』の社員の大半は能判官古代の顔を見たこともなければ名前すら知らなかったが、関口は古代と直接の面識がある数少ない人間のうちのひとりだった。

「いつから流されているんだ」

日馬は関口に聞いた。

「今朝からです」

「『行方不明の家族の情報を求めています』とあるが、これはどういう意味だ」

「男は柘植龍男《つげたつお》、女は三浦里子《みうらさとこ》といって、それぞれ初音《はつね》署と動坂《どうざか》署に行方不明者届がでていました。行方不明になっているというのは事実のようです」

「では、これは警察が流したものなのか」

「いえ、発信元は個人のPCでした。しかし持ち主は鶴丸《つるまる》といって動坂署の刑事です」

関口がよどみなく答えた。いつもの如く、調べごとには万にひとつも抜かりはなかった。

「なぜ行方不明者届を受理した警察がネットに情報を流したりする」

「鶴丸という男を調べたのですが、前任署の署長の顔写真をポルノ写真に貼りつけてそれをネットに流したという前歴がありました。ですからこれも警察が組織として行ったことではなく、単に鶴丸個人の悪戯《いたずら》ということも考えられます」

関口が答えた。

「うちのサーバーに接触してきたのもこの鶴丸という人間か」

「それは違うと思います。鶴丸のPCには簡単なパスワード以外まったくプロテクトなどかかっておらず無防備の状態でしたから。とても腕利きのハッカーとは思えません」

「しかし、その刑事は能判官氏の写真をどうやって見つけた」

「PCのなかに膨大な顔写真が保存されていました。五十万枚以上の写真です。鶴丸はこの写真を使ってモンタージュをつくったのかも知れません」

「モンタージュだと」

日馬が目を細めた。

「つまり、この行方不明者のどちらかといっしょにいたところを誰かに目撃された可能性があるということか」

眉間にしわを寄せ、しばらく考えたあとで日馬がいった。

関口は返事をしなかった。

日馬はプリントアウトを手にとり、あらためて見つめた。

「それでどうします？」

関口が尋ねた。

「いまのところなにもするな。相手が誰なのかはわからんが、こちらがどう反応するか待ちかまえているかも知れん」

「わかりました」

関口がオフィスからでて行ったあとも日馬は古代の顔写真を見つめながらしばらく考えていたが、携帯電話をとりだして三枝にかけた。

三枝はすぐに電話口にでた。

「そちらのほうはどんな状況だ」

「昨夜と変わらず鈴木は姿を現していません。不眠不休で監視をつづけているので皆疲れています。鞍掛署《くらかけ》の刑事たちはいつ交代に現れるのでしょうか」

「石長が逮捕された。鞍掛署の応援は期待できそうもない」

「どうします。われわれはこのまま監視をつづけますか」

「いや、監視は解いてお前たちはすぐにその場を離れろ」

「鈴木は間違いなくまだこの付近にいるという確信があります。それでも監視を解くのですか」

「残念だが、仕方ない」

日馬は電話を切った。

石長が茶屋にどこまでしゃべったのかわからないが、三枝たちが鈴木を尾行したことを話していれば、姿を見せない鈴木を包囲している三枝たちを県警本部の刑事たちが応援どころか急襲するかも知れないという虞《おそ》れがあった。

腕時計を見ると、出社してからいつの間にか三時間以上経っていた。

唐突に怒りの感情が湧き上がってきた。

日馬は目をつぶってなんとか心を落ち着かせた。

冷静になって対策を講じなければならない用件が残っていた。

それも緊急の用件が。

2

ベッドのうえのタクシー運転手は、はじめて見たときよりもいっそう小柄に見えた。

体中包帯だらけの姿は哀れというしかない状態だった。

運転手の名前が花岡次男《はなおかつぎお》であること、身寄りはおらずひとり暮らしであることなどを茶屋は看護師から聞かされて知った。

「あなたは……」

ベッドの脇に椅子を引き寄せて座っている茶屋を見て花岡が口を開いた。

「いつからそこにいたんですか」

「つい五分ほど前だ」

茶屋はいった。

「見舞いにきてくれたのですか」

「意識を回復したと聞いたんでな」

「あなたがわたしを助けだしてくれたそうですね」

花岡がいった。

「反対だ。あんたがおれを助けてくれたんだ」

「どういうことです？」

「あんたの運転技術のおかげでおれは命拾いをしたということだよ」

「そんな」

花岡が照れたようにつぶやいた。まんざらでもない顔つきだった。

看護師には、面会は十分以内にしてくれといわれていた。

「家族はいないのか」

茶屋が尋ねた。

「ええ、女房とは二十年以上も前に離婚しました」

花岡が答えた。

「子供は」

「娘がひとりいますが、結婚していまは東京に住んでいます」

「ときどきは帰ってくるのだろう？」

「いいえ」

「連絡はないのか」

「ありません。東京へ行ってから一度もね」

「親子喧嘩でもしたのか」

「いいや。面と向かって喧嘩などをしたことはありませんが、いろいろとね。いろいろとあれやこれや。結婚式にも呼ばれませんでしたよ。いや、型通りに呼ばれはしましたが、行きませんでした。行けば迷惑がられることがわかっていましたからね」

「本当か」

茶屋は驚いていった。

「ええ。あなたは結婚はしているんですか」

「いや、していない」

「どうしてです。なにか理由でもあるんですか」

「さあな。考えたこともないが、たぶん女にもてないからだろうな」

花岡が不自由な体をひねるようにして茶屋の巨体を見上げた。

「ああ、そうでしょうね」

花岡が笑いながらいった。

心外だった。

「あんたはどうしてあんなに車の運転がうまいんだ。タクシーの運転手をする前はプロのカーレーサーかなにかだったのか」

「とんでもない。でも車の運転は若いころから得意でしたし、それで金を稼いでもいました。学生のときですがね」

「なにをしていたんだ」

「車を運んでいたんです。新品の車を工場から港までね」

「トラックかなにかの運転をしていたということか」

茶屋が訊いた。

「いいえ、違います。できたての車を運転して港まで運んでいたんです。一台、一台ね」

花岡がいった。

「港まで運んだというのは、新車を船に積んでどこかに運ぶということだろう。それなら何百台、何千台という単位じゃないのか。なぜトラックに載せて運ばない」

「わたしが学生をしていたのは四十年以上も前の話なんです。当時は何十台も車を積んだトラックを走らせるような広い道路はまだ建設の途中だったんです。だから運転のうまい人間が何人か雇われて新車を走らせることになったんです。ありとあらゆる抜け道やときには山道を使ってね」

茶屋は生産ラインから降りてきたばかりのぴかぴかの新車が、雑草が生い茂りあちこちから枝葉がつきだしている山道を猛然と駆け抜ける場面をなんとか想像しようとしたが、うまくいかなかった。

「車に傷をつけてしまったらどうなるんだ」

茶屋が尋ねた。

「もちろん罰金です。その分はバイト代から引かれてしまうことになります。だから車を速く走らせることだけではなく、それ以上の技術が求められたんです。一日に何台、それも無傷で港まで運べるか仲間内で競争したもんですよ」

花岡が病室の天井を見上げながらいった。その目は活気にあふれた若かりし日々を見つめているかのようだった。

3

日馬は有刺鉄線にかこまれたスクラップ置き場から少し離れた場所に立っていた。カーゴパンツに防水加工をほどこした黒のセーター、足元は古いデザートブーツという出で立ちだった。

古代が殺人をふくむ危険な倒錯行為に耽っているとするなら、どこかに秘密の隠れ家をもっているに違いないと思っていたのだが、いま目にしているのがその隠れ家であることは間違いないと思えた。

古代の後を尾けてここまできたのではなく、昼間のうちに古代がマンションの近くの月極駐車場に駐めている機能優先の大衆車に豆粒ほどの小さなGPSの発信装置を装着しておいたのだ。その車を選んだのは、もし古代が隠れ家に向かうとしたら、マンションの駐車場に駐めているような人目に立つ高級車ではなく、目立たない車を使うはずだと考えたからだった。

あとはオフィスでパソコンの前に座り、光点が動きだすのを見張っているだけだった。そして午後四時を少し過ぎた時刻に車が動きだし、日馬をこの場所に導いたのだった。

性的倒錯者は日々妄想をもてあそび、それをまるで芸術作品かなにかのように微に入り細をうがって精妙に組み立てていく。そしてある日妄想は妄想では済まないような大きさまでふくれあがり、実行に移さざるを得なくなる。それは頭からくるものではなく、食欲や睡眠欲とまったく同じ肉体の切実な欲求で、文字通り妄想と現実の境目の区別がつかなくなってしまうのだ。

日馬も殺人者には違いなかったが、殺人や拷問に性的な満足を感じたことなど一度もなかった。それはあくまでも仕事であり、欲望のために人を殺すような人間は嫌悪の対象でしかなかった。

いまにも倒れそうな門と有刺鉄線でかこまれたスクラップ置き場は荒涼として人が住んでいるような様子はどこにも見当たらなかった。

圧しつぶされて無造作に積み上げられている乗用車だけではなく、錆だらけの有蓋貨車までが見てとれ、ほかにはブルドーザーや油圧ショベルやホイールローダーやクローラークレーンといった、使い物にならなくなって廃棄されているのか、中古だがまだ動くのかさえわからない重機の類が何十台もてんでんばらばらな方向を向いたまま放置されていた。

日馬は部下を使わず、朝から秘密裡にひとりだけで動いていた。いまからやらなければならないことは自分ひとりで成し遂げるべきだと決めていたからだった。

古代に恩義があることはたしかだが、会社を古代抜きでも自分が自在に動かせるようになっているいまとなっては、古代は会社にとって無用な存在であるばかりか脅威でしかなかった。

4

行動を開始するのは陽が落ちて、辺りが暗闇に閉ざされたときだった。

縣は二輪たちを追跡したときに前線基地となったファミレスにいた。ここでだすコアが気に入ったからだ。

縣は外を眺めた。雨も降らず風も吹いていない。人々はゆったりとした歩調で陽光を浴びながら歩いていた。

穏やかで平和な光景だと縣は思った。

「『愛宕セキュリティー・コンサルタント』に乗りこんでいって捜査をすることはできないのか」

向かいの席の茶屋がいった。

「いまのところ無理だと思う」

縣は答えた。

「二輪と石長の証言があるだろうが」

「それでも日馬と古代のあいだに本当につながりがあるのかどうか証明できない」

「お前さんはもっとくわしい情報を握っているんじゃないのか」

「くわしい情報ってどんなこと。たとえば、三年前に古代がベルギーに住んでいた日馬を呼び寄せてふたりで会社を興した。それが『愛宕セキュリティー・コンサルタント』で、彼らは企業のサイバーセキュリティーを請け負いながら、同時に契約先の会社の情報を利用して不正な投資をして莫大な利益を上げている、とか？」

「そこまでわかっているのに、令状をとるのは無理だと思うのか」

「令状をだすかどうか決めるのはこの町の裁判所だから、あんたがどうしてもやってみたいというならやれば良い。でも鹿内さんにもいったように、わたしたちがもっているのは石長さんと二輪さんの証言以外は違法に探りだしたデジタル情報と推測だけで、日馬と古代の関係を示すたしかな証拠がないと強引に乗りこんだとしても日馬にうまく言い抜けられたらそこから先に進むことがむずかしくなってしまう」

茶屋が舌打ちをして、口を閉じた。

「ひとつわからないことがあるんだが」

しばらく押し黙っていた茶屋が唐突にいった。

「なに」

「古代が愛宕市に帰ってきたことを知った能判官秋柾は、危険を察知して身のまわりにいた三人を遠ざけた。しかしどうして頭師という年寄りだけはこの愛宕市にいるんだ。二輪や石長の話を聞く限りじゃ、この年寄りこそいちばん遠くに身を隠さなければいけない人間のように思えるんだが」

「良いところに気がついたね」

　縣がいった。

「茶化すな」

「それはわたしも考えていた」

「で、お前さんの考えは？」

「愛宕市を離れられない理由がなにかあるんだと思う」

「離れられない理由ってなんだ」

「なにかやり残した仕事があるとか」

　縣はしばし考えたあとで、大振りなカップに入ったココアを一口飲んでから答えた。

「やり残した仕事？　一体どんな仕事だ」

「わからない」

　縣はいって、ふたたび視線を店の外に向けた。

「ところで氷室屋敷で働いていた人たちは見つかった？」

　窓の外を見ながら縣が尋ねた。

「屋敷に使用人はいなかったといったろうが。賢一郎が殺されたとき、屋敷にいたのは賢一郎とふたりのボディーガードだけだった」

　茶屋が答えた。

「それは賢一郎氏が殺されたときの話でしょう。あんな広い屋敷で賢一郎氏が長年ひとりきりで暮らしていたはずはない。身のまわりの世話や食事をつくる人がいたはずよ」

「ああ、それならたしかにいた。一年前まで年寄りの夫婦者が屋敷で働いていたそうだ。所轄の人間がふたりから話を聞いているはずだ」

「所轄の人間って、初音署の蓮見さんのことね」

「ああ、そうだ。どうしてそんなことを訊く。なにか気になることでもあるのか」

茶屋は返事を待ったが、縣が口をつぐんだままなので、あきらめて別の質問をした。

「鈴木はどうして日馬たちの妨害をしているんだ」

「それをわたしに訊くの。熊本伸吉《くまもとしんきち》と王小玉《おうしようぎよく》、それに立栗道男《たてぐりみちお》の話を真梨子先生にしたのはあんたじゃなかった？」

相変わらず視線を店の外に向けたままで縣がいった。

茶屋が眉を吊り上げた。

「どうしてそんなことを知っているんだ。先生がいったのか」

「わたしはカマをかけただけ。でも真梨子先生は否定しなかったわ」

「お前さんはその三人がどういう人間なのか知っているのか」

「わたしの仕事は未解決事件の統計と分析だっていったでしょ。この愛宕市に興味をもったのは昨日今日のことなんかじゃない。五年以上前から目をつけていたの。三人の悪党がどんな方法で殺されたのか、犯人の動機はなんだったのか、さんざん考えた。調べを進めるうちにひとりの謎めいた人物が浮かび上がってきた。それが鈴木一郎だったという訳」

「五年も前から。本当か」

茶屋が目を丸くして尋ねた。

「ええ、本当」

縣が答えた。

「五年前にお前さんが警察に入っていたなんて信じられん。まだ十代だったのではないのか」

「まあ。あんたってお世辞もいえるのね、素敵」

縣が向き直り、茶屋にほほ笑みかけた。

茶屋の首筋に赤みが差した。

「じゃあ、お前さんもおれと同じ考えだと思って良いのか。鈴木は熊本たちを殺したときと同じ理由で日馬を妨害していると」

縣が茶屋の目を見ながらうなずいた。

「どうしてそんなに自信があるんだ。それこそ証拠でもあるのか」

「二年前の連続爆破事件のことだけど、鈴木一郎は緑川の共犯なんかじゃなかったんでしょう」

縣が茶屋に向き直っていった。

茶屋は事実を口にするべきかどうかほんの一瞬だけ迷ったが、結局正直に話すことにした。

「ああ、共犯どころかやつは鈴木を殺そうとして追いかけてきたんだ。そして病院中に爆弾を仕掛けた。とんでもなく執念深い男だった。だが目論見は失敗して死んでしまった。事故だったのか、たまたまそうなったのかはわからんがな」

「たまたまなんかじゃないわ。緑川は鈴木が張った罠にかかって死んだの」

縣がいった。

「違う、違う。罠を仕掛けたのは緑川のほうだといったろうが」

「いいえ、罠を仕掛けたのは鈴木一郎のほう」

「お前さんになにがわかるというんだ、おれはその場にいたんだぞ」

茶屋はいった。

「だって、鈴木一郎はあんたにおとなしく逮捕されて病院に送られた。どうしてだと思う？」

　縣が訊いた。

　茶屋はとっさに答えられず、ゆっくりと首を横にふった。思い返してみると、そのことがずっと心の隅に引っかかっていたのだ。

「緑川をおびき寄せるためによ。最初からすべて計算ずくだったの」

　縣がいった。


『愛宕セキュリティー・コンサルタント』が入っているビルは、三階建ての灰色の古びた建物だった。

　六日のあいだ鈴木一郎が姿を現すのを辛抱強く待っていた男たちが今朝になってとつぜん囲いを解いた。そのなかのひとりを鈴木一郎は尾行してきたのだった。

　吉野が宿泊しているホテルに頭師が予言した通り男たちが現れ、吉野を拉致しようとした。一郎は男たちを退散させたが、自分が叩きふせた男たちが何者なのかは知らなかった。

　しかしいまは自分が相手にしている人間が日馬の配下であることが確実になった。

『愛宕セキュリティー・コンサルタント』が日馬が代表を務める会社であることや日

馬と能判官古代の関係などは頭師から聞かされていたが、自分の目でたしかめる必要があったのだ。

ホテルで男たちを撃退したあと、頭師にどうしてホテルに男たちがくるのがわかったのかと尋ねると、能判官家は愛宕市のあらゆるところに目と耳をもっているのです、と頭師は答えた。

代々能判官家のために、表向きの仕事の陰でつねに周囲に目を配り、聞き耳を立ててくれている人たちです。その耳のひとつが、百武という刑事と吉野さんというフリーのジャーナリストが喫茶店でなにやら密談をしていて、会話のなかに能判官古代の名前がでたと知らせてくれたのですが、その百武刑事が殺されたと聞いて、吉野さんの身にも危険が迫っているのではないかと考えて、あなたにホテルに行ってもらったのですといった。

それが質問に対する頭師の答だった。

一郎にはそれ以上のことを尋ねる必要などなかった。

5

日馬はスクラップ置き場から視線を逸らすことなく、カーゴパンツのポケットから双眼鏡をとりだして目に当てた。

入口の門からおよそ二百メートル。スクラップ置き場を抜けたところに廃屋のような農家があり、その前に古代の車が駐まっているのが見えた。

闇のなかに溶けこんでいる小さな建物に目を凝らし、時間をかけて細部を観察した。窓やドアにも改造されているような様子はなく、カメラやカメラと連結されたライトなどの防犯設備も見当たらなかった。

窓からは明かりは洩れておらず、人が出入りしている気配もなかったが、車が駐まったままである以上、古代は家のなかにいるはずだった。

廃屋のような農家から林道が延びて、背後の森のなかに消えていた。

土地勘をつかむため夕方のうちに付近を歩いてたしかめておいたのだが、半径三キロメートル以内に集落らしきものはなく、スクラップ置き場とその奥に建つ農家は周囲から完全に孤立していた。

双眼鏡をポケットに戻し、腕時計を見た。二十一時だった。気温が下がり、冷たい風が吹きつけてきた。

日馬は体を低くして、ゆっくりと前進をはじめた。

門をぐるとさらに移動速度を落とし、進路上の地面に警報装置につながっているワイヤが這っていないか探りながら慎重に足を運んだ。

ワイヤなどの仕掛けはなかった。

最後の数メートルをすばやく走って家の玄関にとりついた。

放し飼いにされている番犬が、侵入者を嗅ぎつけていまにも襲いかかってくるのではないかと身構えたが、獣の足音も息づかいも聞こえてこなかった。

油断なく身構えたまま、息を殺して暗闇に閉ざされた四方を見まわした。日馬は夜目が利いた。相手がどれほど小さな対象物であろうと、ほんの少しでも動けばそれを見落とすことはなかった。

周囲に動くものがないことをたしかめるとドアノブに手をかけた。

ドアは固く閉じられ、押しても引いても開かなかった。

ピッキング道具はカーゴパンツのポケットに入っていたが、正面のドアを開ける前に家のまわりを一周してみようと、家の裏へまわってみることにした。

裏手へまわりこむときにも足元の注意は怠らなかった。しかし、家の周囲にもカメラやワイヤはとりつけられていなかった。

裏手にはなにもなく、ゴミが積み上げられてできた低い山があるだけだった。

さらに進もうとして、日馬はふと足を止めた。

ゴミの山に違和感を覚えたのだ。ゴミの積み上げ方が規則的すぎるように思えた。整然とした混沌とでもいうべきか。

体勢を低くしたままゴミの山に近づいた。

ゴミの山は糞尿の臭いがし、錆びついた農具の残骸のほかに動物の乾いた糞や小動物の骨らしきものまであった。

音を立てないようにそれらをひとつひとつとり除き、脇に置いていった。

思っていた通りだった。ゴミの山に隠されていた家の外壁に隠し戸が現れた。

隠し戸には錠がついていなかった。

息を整えてから扉を開け、廃屋のなかに足を踏み入れた。

家のなかは腐った残飯の臭いがした。

日馬は暗闇のなかで首だけを動かしてまわりを見まわした。小型のフラッシュライトは携行していたが、誰かがどこからかこちらをうかがっている可能性を考えて使うのを控えた。

暗闇に目が慣れるにつれて部屋のなかがはっきりと見えてきた。ソファがあり低い机があったが、灰皿には煙草の吸い殻があふれ、床のあちこちに炭酸飲料の空き缶や衣服などが投げだされていた。

照明はどれひとつ点《つ》いておらず、テレビやラジオの類もなかった。

乱雑な部屋は古代の性格に似つかわしくなく、故意に散らかしたように見えた。そもそも古代は煙草を吸わないはずだった。

耳を澄ましたがなにも聞こえなかった。咳払いもベッドのうえで寝返りをする音も。古代は家のなかにいないのか。それとも隠し部屋のようなものがあってそこに潜んでいるのだろうか。

壁に触れないよう部屋の中央を歩いて、つぎの部屋へと進んだ。

そこは厨房らしく、ガスコンロと流しがあった。隅に古いストーブが据えられていて傍らの床に薪が積み上げられていた。薪は長さが不揃いで、古代が自身で木々を集め割ったもののようだった。

ヤカンや鍋、業務用サイズのソースやケチャップなども揃っていたが、料理をしたような形跡は見当たらず、冷蔵庫も置いていなかった。

流しには生ゴミが投げやりに捨てられたままになっていたが、料理をした形跡がないことを考えるとおそらく冷凍食品の中身をそのままぶちまけて置いただけなのだろうと思った。

それにしてもあまりに無防備だった。カメラもなければ番犬もいない。かならずどこかに警報装置の類があるに違いなかった。

日馬は一度立ち止まり、小型カメラなどが仕掛けられていないかあらためて部屋の四隅に目を走らせた。

それらしいものはどこにも見当たらなかった。

相変わらず家のなかは森閑として、どこからも物音ひとつ聞こえてこなかった。

昼間、周辺の地形を調べるため歩きまわっていたときに古代が徒歩でどこかにでかけたということがあるだろうか。近くに人家など一軒もないことを考えると、やはり家のどこかに隠し部屋がある可能性のほうが高いように思えた。

家はそれほど広くはないので、隠し部屋があるとしたらそれはおそらく地下につくられているに違いない、と日馬は思った。

息をひそめ静かに歩を進めて隣りの浴室をのぞいた。

浴槽がありシャワーホースもあったが、シャワーカーテンは汚れ放題で浴槽も長いあいだ使われた様子はなかった。

浴室に窓はなかった。

明かりが洩れる虞れがなかったので、フラッシュライトをとりだして浴槽のなかを照らした。ひょっとして誰かの血痕を洗い流した跡でもあるのではないかと思ったのだ。しかし浴槽のなかには塵と埃が積もっているだけで、あとは落ち葉が二、三枚落ちているだけだった。

フラッシュライトの鋭い光りを浴室の入口に敷かれた不潔なバスマットに向けた。バスマットは古びて黒ずんでいるだけで、別段おかしなところはないように見えた。

つぎの部屋に移動しかけたが、家のなかのものがすべてカムフラージュであることを思い返し、念のために靴の爪先でバスマットを横にずらしてみた。

バスマットをどけた場所の床に隙間が開いているのが見えた。

フラッシュライトを消してカーゴパンツのポケットに入れ、床に膝をついた。

音を立てないよう慎重に隙間のなかに指をこじ入れた。

床板は簡単に動いた。

一枚、二枚とていねいに剝がしていくとやがて床に開いた大きな穴が現れた。

いったん後ろに身を引き、下から物音がしないか耳を澄ました。

なにも聞こえてこないことをたしかめてから、ゆっくりと上半身を伸ばして穴のなかをのぞきこんだ。

階段が見えた。

下に地下室があることは明らかだった。

古代がいるとしたらこの空間しか考えられなかった。安易に階段を降りたりすると古代とばったり鉢合わせしてしまいかねなかった。

床に身を伏せ、たっぷりと時間をとって物音が聞こえてこないかもう一度たしかめた。

一分、二分……。五分経っても下からはなにも聞こえてこなかった。人間が潜んでいる気配はまったくなかった。

日馬は身を起こすと穴のなかに下半身から入っていき、階段を降りはじめた。

地下室はさらに深い闇のなかに沈んでいた。床に両脚をつくと日馬は微動だにせず、四方の気配だけをうかがった。

最初はなにも見えなかったが、嗅覚だけは敏感にある特殊な臭いを嗅ぎとった。

血の臭いだった。

血の臭いが地下室のなかに充満していて、それは誤魔化しようがなかった。

暗闇に目を凝らしていると、部屋の様子が少しずつおぼろげながら見えてきた。

部屋のなかには家具らしきものはひとつも置かれていなかった。

家具どころかなにもなかった。コンクリートの打ちっ放しの壁とタイル張りの床があるだけだった。

部屋の隅に大きなストーブのような鉄の塊があった。

さらに目を凝らすと、焼却炉らしいことがわかった。特別製の焼却炉らしかった。

そのとたん日馬はすべてを理解した。焼却炉をなんのために使うのかも、床がなぜタイル張りになっているのかも。

無意識にかがめていた体をゆっくりと伸ばし、焼却炉のなかになにが残っているか調べるために近づこうとした瞬間だった。首筋に稲妻が光り、辺りの大気を揺るがすほどのすさまじい雷鳴が轟いた。

日馬は気絶し、人形の如く床にくずおれた。


まぶしい光りで目を覚ますと手首と足首をプラスチックの結束バンドで拘束され、両脇の下にまわされたロープで天井に渡された梁から吊り下げられていた。

天井はさほど高くなく、爪先と床の間は二十センチほどしか空いていなかった。

スタンガンの衝撃で意識が朦朧としていた。

目を開けると、すぐ目の前に見知らぬ人間が立っている姿がぼんやりと浮かび上がった。

日馬は頭をふり、不安定な焦点を合わせて目の前の人間の顔をたしかめようとした。

よく見ると見知らぬ人間ではなく、古代だった。

日馬は確信がもてずにもう一度頭をふった。薬かなにかの副作用なのだろうか。古代は何日か見ないうちにすっかり痩せこけ、顔も窶《やつ》れて目の下に隈《くま》までつくっていた。つねに身だしなみに気を遣い、指の先にいたるまで手入れを怠らない男とはとても思えない外見だった。

「お前はわたしが雇い入れた男だぞ。お前がなにを考えているか、わたしがわからないとでも思ったのか」

古代がいった。

古代の手には、それで薪を割ったであろう鉈《なた》が握られていた。

「わたしの車にGPSでもつけてそれを追跡してきたのだろうが、わたしもお前の車に同じ装置を付けておいた。今日は一日中お前がここにくるのをずっと待っていたのだ」

古代がわたしの車にGPSを付ける？　会社の駐車場に忍びこんだとでもいうのだろうか。いや、そうではない。誰かに命じてやらせたに違いない、と日馬は思った。

その瞬間、日馬はそれまで考えもしなかったことにとつぜん思い当たって愕然とした。

会社のなかに裏切り者がいる。その人間は日馬が知らないうちに古代と手を結び、古代に協力していたのだ。

日馬は身をよじって結束バンドをなんとかはずそうとしたが、プラスチックの縁《へり》が皮膚に食いこむばかりだった。

「短いながらも多生の縁《えん》があったお前のことだから念入りにもてなしてやりたいのはやまやまなのだが、わたしはこれからやることがあってな。お前と遊んでいる暇はないのだよ。お前にとってもわたしにとっても残念なことだが仕方がない」

古代が鉈をふり上げ、渾身の力をこめてふり下ろした。

分厚く鈍《にぶ》い刃が日馬の肩口の神経叢を切り裂き、筋肉を真っ二つに断ち割った。

張りつめた筋肉が一気に切断された瞬間の破裂音を聞いた古代は、あの学生がいっていた通りだと思い笑みを浮かべたが、日馬がその微笑を目にすることはなかった。

第十章

1

男は背広姿だったが、上着の下は皺の寄ったワイシャツだけでネクタイは締めていなかった。

真梨子と男は、互いにラップトップの画面を見ながら診察室の机に向き合って座っていた。

男は島崎昇平《しまざきしょうへい》という名の初診の患者で、整った顔立ちはハンサムと形容しても良いくらいだったが、いまは髪も乱れ頬も痩せこけて憔悴の度合いの深さが見てとれた。

〈受診された理由をまず聞かせてください〉

真梨子がラップトップのキーボードを叩くと、男が膝の上に載せていた両手をのろのろと上げ、自分の目の前のパソコンのキーボードを打とうとした。

〈わたしはしゃべることはできませんが、耳は聞こえます。ふつうにお話ししてくださってけっこうです〉

パソコンの画面に現れた文字を読んだ島崎が、真梨子に顔を向けた。

「ええと、このまましゃべってもよろしいのですか」

島崎が尋ねた。

真梨子はうなずいた。

「疲れて何事にも手がつかないのです。椅子に座っているだけでもつらいです」

〈なるほど。ほかになにかありますか〉

「集中力がなくなってなにもできないのに、同じ考えが頭のなかでぐるぐるまわって、横になっても眠ることができません」

〈同じ考えというのはどんなことでしょう〉

「ああ、ええと……」

島崎が顔を伏せ、自信なげにつぶやいた。

〈どんなことでもかまいません〉

真梨子がラップトップのキーを打ち、島崎が画面の文字を読んだ。

「そのときどきによって違いますが、くだらないことばかりです。コーヒーカップに穴が開いているから明日になったら修理しなくてはいけないとか、このままじっとしていたら尿道に大便が溜まってしまうとか」

真梨子はキーボードから顔を上げて島崎の顔を見た。

〈尿道に便、ですか〉

「いったでしょう。くだらないことばかりだって」

島崎が答えた。

〈薬を服用されたことは〉

「仕事が医者なので薬は簡単に手に入りますが、この頃は薬を飲んでも夜中に目が覚めてしまうようになって……」

島崎がいった。

〈お医者さんなのですか〉

聞き間違いをしたのかと思い、真梨子はキーボードを叩いた。

「はい。先生と同じ精神科の医者です」

真梨子は目をしばたたかせた。

〈受付にあなたがだされた書類の職業欄には無職となっていましたが〉

「半年前まで後鳥羽台《ごとばだい》でクリニックを開いていましたが、いまは無職なので」

島崎がいった。

後鳥羽台といえば高級住宅地として有名な地区だった。

〈精神科のクリニックで院長を務められていた？〉

「はい」

〈そのクリニックはいまはどうなっているのでしょう〉

パソコンの文字を読んだ島崎が、怪訝そうな表情で真梨子を見た。

「先生は新聞をお読みにならないのですか」

真梨子は島崎のことばにとまどいを覚えながらラップトップのキーボードに指を這わせた。

〈すいません。日頃、新聞とかテレビなどはあまり見ないほうなので〉

「わたしは患者だった女に根も葉もないでっちあげの訴えを起こされて、そのために多額の賠償金を支払わされたばかりか、患者も失ってクリニックをたたまざるを得なかったのです」

島崎がいった。

〈病院の名は『島崎クリニック』といったのでしょうか〉

「『後鳥羽台クリニック』です」

島崎が答えた。

真梨子は『後鳥羽台クリニック』という名も、患者に訴訟を起こされたクリニックのこともまったく聞き覚えがなかった。

〈患者さんに訴えを起こされたとおっしゃいましたね。もし苦痛でなければ、その裁判のことをくわしく聞かせてもらえますか〉

昼の休憩時間になったら、かならず『後鳥羽台クリニック』と事件のことをインターネットで検索しようと考えながら、真梨子はキーを叩いた。

「大丈夫です。苦痛などということはありません。自分でいうのもなんですが、わたしのクリニックは大変繁盛していました。受診する患者の数は愛宕《おたぎ》市でも五指に入るといわれていたほどです」

島崎は多少たどたどしくはあるものの、文法の乱れなど見せずに話しはじめた。症状を聞いた限りでは鬱病に間違いなかったが、島崎自身が精神科医であるために病識もはっきりしており、同時に論旨を明確にしながら話そうと心がけているからだろうと真梨子は思った。

「なにしろ受診する患者が一日百人を超えることさえありました。ちょっと油断しただけで、あっという間に待合室に患者があふれてしまうほどでした。患者のほとんどは若い女性で、不安を訴えたりリストカットをくり返す人が多かったです。なかにはアルコールや薬物依存、家族に暴力をふるう人などもいました」

島崎はそこまでいったところでまるで息継ぎをするようにことばを切ったかと思うと、とつぜん力が尽きたとでもいうようにうなだれた。

真梨子は矢継ぎ早に質問したい気持ちを抑え、島崎が口を開くのを辛抱強く待った。

しばらくしてから島崎がようやく顔を上げ、ふたたび話しはじめた。

「それで、まあ、そういう訳ですから患者さんひとりひとりにかけられる時間はどうしても短くなってしまいます。ええと、そうです、そういうことです。大学の医局のように自分が興味のある患者ばかり集めてじっくり話を聞くなんてことは到底できないのですよ。ええと、おわかりになりますか。わかりますよね」

〈ええ、わかります〉

「ですからね、朝から晩まで診察室で働いたあとに病院の鍵を閉めて外にでると、昼間診た患者さんが待ち伏せしたりしているのです。先生、先生。わたしの話をもっと聞いてくださいってね。こんなことが毎日なんです。つぎの診察日にまたきてくださいね。そのときに話を聞きますからといっても彼女たちはいうことを聞いてくれないのですよ。わたしの腕をつかんで離そうとしない。そのしつこさといったら、まるで蚊や蝿のようでした。いや、もっとひどい。スッポンですよ、スッポン」

〈それで、あなたはどうなさったのですか〉

真梨子は尋ねた。

「なかでもいちばんしつこかったのがその女でした。下着が見えそうなミニスカートでね、わたしに色目を使うのですよ。まだ高校生のくせにね、それはいやらしい目つきでわたしを誘ったりするのです」

〈その女性は高校生だったのですか〉

その女性というのが具体的には誰を指しているのか判然としないまま真梨子は尋ねた。

「ええ、そうです。だから問題なんですよ。高校生が下着が見えそうなミニスカートを穿いてそこら辺をうろうろしているのですよ。まるでわたしに触ってください、わたしを犯してくださいといわんばかりじゃないですか」

〈その女性とあなたのあいだにはなにかあったのですか〉

真梨子はわずかに息苦しさを覚えながらキーを打った。

「なにもありませんよ。なにかある訳がないじゃないですか。わたしは医者で、向こうは患者なんですからね。なにかあったら大変だ」

島崎がやっとそれだけいうと、今度はとつぜんまどろむように目を閉じかけた。

〈訴えを起こしたのはその女性なのですね。女性はなぜあなたを訴えたのでしょうか〉

「訴えを起こしたのはその女の親ですよ。女が訴えを起こせるはずがない。なにしろ死んでいるのですからね」

島崎が呂律のまわらない口調でいった。

真梨子には島崎の話が理解できなかった。

〈死んだ？　最初から順を追って話してもらえますか。その女性はなぜ死んだのですか〉

「自殺したのですよ。自殺。首を吊ってね」

島崎がいった。

真梨子は思わずキーボードから顔を上げて島崎を見た。

〈その女性はなぜ自殺をしたのでしょう〉

「ですからね、その女の両親はわたしが彼女に手をだして、さんざん遊んだ挙げ句にゴミ屑のように捨てたというのです。そのせいで絶望した彼女が自殺をしたのだとね。それで裁判を起こしたのですよ」

〈あなたはその女性と関係があったのでしょうか〉

真梨子はもう一度同じ質問をした。

「ありませんよ。まったくありません。とんだ誤解。いや詐欺ですよ。詐欺」

〈思い当たることがひとつもないのですか〉

真梨子はキーを叩いた。

島崎が裁判に負けたというからには、両親の訴えには論拠というのかある程度の説得力があったはずだ。

「ああ。ええと……」

島崎が眠気に耐えられないという様子で、目を開けたり閉じたりしながらパソコンの画面の文字を追った。

「ですからね、その女はしつこくて何度追い払ってもすがりついてきた。何度も何度もね。あんまりしつこいので仕方なかったのです」

〈あまりしつこかったので、どうされたのです？〉

「ですから仕方なく自宅の電話番号を教えたんです。それだけですよ。それだけのことだ。ところが女はこっちの迷惑など考えもせず一日中電話をかけてきて、しまいには住所を調べて自宅まで押しかけてくるようになったんです。そりゃあ邪険に追い払いもしますよ。こっちには家族がいるんです。生活というものがあるんだ。頭のおかしな女子高生にどうして平穏であるべき生活を乱されなければならないのです。迷惑だから帰れ。誰だってそういうのではありませんか？　わたしもそうしたまでです」

真梨子はしばらくキーボードに視線を落としたまま、島崎の話を咀嚼しようとした。

〈ご家族とはいまも同居していらっしゃるのですか〉

「離婚されました。裁判のあとでね。患者と、それも十代の娘とつきあっていたなんて怪《け》しからんといわれてね。娘を連れてでていきましたよ。わたしの娘も高校生なんです。いくらわたしがそんなことはない、あれは言いがかりなんだといっても聞き入れてくれないのです。わたしはどうしたら良いんです？　あんまりしつこいので電話番号を教えただけなんですよ。それだけでなにもかもが滅茶苦茶になってしまった。頭のおかしな女に、家へ帰れ、二度とおれの家には近づくなといっただけなんです」

島崎がいった。

自分を正当化し相手を一方的に責める内容だったが、口調にはまるで感情がこもっておらず、録音されたテープを再生しているかのようだった。

真梨子はラップトップの画面の時刻表示に目をやった。予定の診察時間はすでになかばを過ぎていた。

〈おひとりで暮らしているのですね〉

「はい」

〈日常になにか不便なことはありますか〉

「そりゃあ、不便なことばかりですよ。食欲がありませんから腹は空かないのですが、食べなければと思って無理矢理食べ物を口に入れようとすると、すぐに吐いてしまいますしね。起きているとくだらないことばかり考えてしまうので、薬を飲んでねようと思ってもすぐに目が覚めてしまいますし」

〈お酒を飲む習慣はありますか〉

「いや、酒は飲みませんし、煙草もやりません」

〈それはお若いときからですか。それとも最近になって禁酒なり禁煙なりをはじめたということでしょうか〉

「若いころからです。別にわたしがとりたてて品行方正な人間だという訳ではありませんよ。ただ体が欲しなかった。それだけのことです」

〈わかりました。なにか趣味のようなものはお持ちですか〉

「昔はテニスが趣味で、暇さえあればテニスクラブにでかけていましたが、いまは外出できるような状況ではないのでね」

〈外出できないというのは、体力的な問題ですか〉

「もちろんそれもありますが、人の目があるせいですね。人の目が気になるのですよ」

〈抗鬱剤は服用されていますか〉

「いろいろな薬を飲んでみましたが、あまり効かなくてね」

〈トリプタノールを試されたことはありませんか〉

トリプタノールはまれに副作用で尿管痛や尿道に石が詰まっているような感覚を起こさせることがあった。島崎がさきほど口にした「尿道に便が溜まってしまう」という感覚はそれに起因する可能性があるのではないかと思い、真梨子は念のために尋ねてみた。

「いや、トリプタノールを使ったことはないです」

島崎はほんの少しも考えることなくあっさりと否定した。

〈そうですか。お仕事はいまなにをされているのでしょうか〉

「仕事はなにもしていません。なにしろ一歩家の外にでたら通りがかりの人間がこちらを指さしてひそひそと噂話をはじめますし、女の人のなかにはかならずひとりかふたり、こちらに色目を使う者がいるのです。あれは、わたしを誘惑しようというのではなく、自殺した女を思いださせてわたしを苦しめようと企んでいるに違いないのです。だから外にはでかけられません」

〈失礼ですが、収入の心配などはされていないのですか〉

「まあ、金はあります。一年や二年は働かなくても食べていけるくらいは」

〈先ほどテニスが趣味だとおっしゃいましたが、屋内でできる運動のようなことはされていませんか〉

「運動は駄目です」

〈駄目というのはどういうことでしょう〉

「ふくらはぎに鉄が入っているものですから、運動などすると肉が剝ぎとられてしまうのですよ」

島崎がいった。

相変わらず無感動な口調だった。

〈なにかの手術を受けて、ふくらはぎに金属を挿入されたということでしょうか〉

「まあ、これも裁判のあと誰かがわたしの隙をついてねじこんだのでしょうね。だから歩きづらいし、無理に引き抜こうとすると鉄が熱を帯びて足を燃やしてしまうのです」

足を燃やしてしまう？　真梨子はふたたびキーボードから顔を上げて島崎の表情をうかがった。

島崎の顔にはなんの感情も浮かんでいなかった。

〈今日の診察時間はこれで終わりですが、つぎの診察日にもこられる自信はありますか。おもに体力面ですが、心配はありませんか〉

「大丈夫だと思います」

島崎がいった。

〈もし自殺念慮がでたら、診察の予約日でなくてもかまいませんからここにきてください。電話連絡もいりません。ためらわずにまっすぐここにきてください。良いですね〉

最後に真梨子はそうキーを打った。

2

島崎のあと三人の患者を診察し昼食の時間になった。

さっそくインターネットを検索すると、島崎が話していた裁判の記事はすぐに見つかった。

『愛宕市後鳥羽台＊丁目の自営業Yさんの自宅で娘のP子さん（市内の公立高校二年生）が自殺していた事件をめぐって、Yさんのカウンセリングを担当していた精神科の医師に損害賠償請求を地裁に提訴。Ｙさんの主張によると、医師は『後鳥羽台クリニック』院長島崎昇平氏で、氏は既婚者であるにもかかわらず患者であるＰ子さんと肉体関係を結び、その後一方的にこの関係を破棄。精神状態が不安定だったＰ子さんはこれによって混乱の果てに絶望し、自ら命を絶ったというもの』

島崎昇平の名前で検索すると、ネット上にはこの裁判に関するコメントが山ほどあった。

愛宕市精神科医人気ランキングなどというサイトまであり、島崎昇平は一位になっていた。

医者の人気ランキングなどというものがネット上に存在するとはまるで知らなかった真梨子は驚きを禁じ得なかったが、どうやら島崎の話はまんざらただの自慢ではなく事実らしいとわかった。

『後鳥羽台クリニック』というリンクをクリックしてみると、『後鳥羽台クリニック』に通っているかまたは過去に通っていたことのある人たちの書きこみが数え切れないくらいあった。

『後鳥羽台クリニック』の裁判についての記事へのコメント　投稿者：ハンプティ

―ダンプティー

島崎先生が裁判で負けたと聞いて残念で仕方ありません。島崎先生はハンサムでどっしりとしていて頼りがいがあって話をよく聞いてくれる先生でした。諸悪の根源であるあの女とは待合室でよく遭いました。とんでもないすべたのどあばずれでした。先生は誰にでも優しいからまんまとはめられてしまったのね（下ネタにあらず）涙涙。先生に見つめられただけで胸がキュンキュンしていたのにもう二度と会えないのだと思うと淋しくて仕方ありません。このままでは生きている価値もないのかも。同じように感じている人がいたら連絡ください。いっしょに自殺しませんか。那須のほうにずっと使っていないお父さんの別荘があるので場所は提供できますし、秘密も守ります。

『後鳥羽台クリニック』の裁判についての記事へのコメント　投稿者：イカタコフロスト味

島崎先生が裁判に負けて『後鳥羽台クリニック』が閉院に追いこまれたのはある

種の運命ともいえますね。なにしろクリニックはいつ行ってもボーダー様で満杯の有様。おれなんてナンパ目的で通っていたようなものだもの。みんな愛という名のセックスに飢えた目つきをしているもんだから入れ食い状態でしたよ。島崎先生も見るからに相当なスケベ親父だったから、暗示ひとつでどうにでもなる若い馬鹿女どもをとっかえひっかえ味わっていたのでしょうね。おれにとってはただで使える風俗店も同様だったので、そういう意味で先生のクリニックがなくなってしまったのは残念。おれと同じように思っている男性諸氏は多いはず。

『後鳥羽台クリニック』の裁判についての記事へのコメント　投稿者：正義派のデカメロンちゃん

判決を知った瞬間「ざまあみろ」と叫びました。裁判、傍聴にも行きました。それほど裁判の行方がどうなるか気を揉んでいました。残念ながら判決の日は傍聴には行けませんでしたが、判決が下った瞬間の島崎の顔をこの目で見たかったです。あの男は医者の仮面をかぶった悪党、ただの変態です。はじめてクリニックに行った日からわたしに目をつけて、ことあるごとに声をかけてきてしつこく誘ってきました。診察しているあいだもわたしをいやらしい目で見るだけでなく、必要もないのに腕や肩を触ってきました。わたしの携帯にかけてくるのもしょっちゅうで、「二度とかけてこないでください」と断ると今度はメールの嵐。一日に百五十件もきたことさえあります。あの男の診察を受けるのは金輪際止めようともちろん思いましたが、このままでは泣き寝入りになるし、わたしが黙っていたらほかの女の患者さんが被害者になるかも知れないと思い、勇気を奮い起こしてクリニックへ行き、待合室にいた患者さんたちに向かって警告しました。でもそれも骨折り損のくたびれもうけだったようです。でもあの男も報いを受けたのですから、＊＊さん［管理人により実名削除］、天国で安らかにお眠り下さい。

『後鳥羽台クリニック』の裁判についての記事へのコメント　投稿者：匿名

正義派のデカメロンちゃんって＊＊［管理人により実名削除］のことですよね。厚化粧のデブで、島崎先生にしつこく言い寄って煙たがられていました。クリニックにきて大声を張り上げ、警察を呼ばれたのも見ています。先生に相手にされなかった腹いせにこんなデタラメを拡散させるなんて最低の女です。わたしはクリニックにはちょうど一年間通っていました。自殺した女の子も知っています。言葉を交わしたことはありませんが、すごい美人で病院内でも有名でした。報道でまだ高校二年生だったと聞いてびっくり。でも島崎院長が患者と関係するなんて絶対にありません。先生が誠実で清廉潔白な人であったことは誰よりもわたしが知っています。先生と亡くなった女性のあいだにはなにか誤解があったのだと思います。わたしたちのような人間が優しく話を聞いてくれる人に対して恋愛感情を抱きがちであることは誰でも知っていることです。わたしは先生の無実を信じています。先生、『後鳥羽台クリニック』でなくてもいいし、ここでなくてもいいからまた新しい病院を建ててください。報せてくれればわたしが患者一号としてどこにでも飛んでいきます。

裁判や『後鳥羽台クリニック』にまつわるさまざまなサイトへのリンクもそれこそ蜘蛛の巣のように張られていたが、なかには自殺した女子高校生の実名（どういう訳かこちらは管理人によって削除されていなかった）、住所、電話番号などの個人情報だけでなく、同じ高校に通っていた同級生や友人だったと自称する同年代の若者たちによる掲示板もあった。

アンナ
［11／29　22：35］

堀川泉とは中学校からいっしょにつるんでいたけど、自殺するような人間じゃなかった。だから先生から彼女は自殺しましたって聞いたときホントかなって思った。先生は美人で優等生の泉の裏の顔なんて知らないだろうし。つまり欲しいものは片っ端から万引きして、万引きできないものがあればパパ活してお金を稼いでたってこと。顔に似合わず、やることはえげつなかった。だからって彼女が死んだことを哀しいと思っていない訳じゃないけどね。

ひきこもり
［12／1　19：15］

堀川泉が優等生なんてちゃんちゃらおかしい。だって一年生のときからずっとわたしがカンニングさせていたんだから。先生もうすうす勘づいていたはずだけど、堀川泉の色気にコロリとまいって見て見ぬふりでした。美人はトクってこと。

いきなりアネモネ
［12／21　18：35］

堀川泉は中学のときから万引きグループをつくっていて、手下には小学生までいました。ある日グループのひとりが捕まって警察に泉の名をだしてしまったことがあります。泉は品行方正なお嬢様で通っていたから警察は一応家族に報せただけで、彼女を警察に引っ張ってきて話を聞くことはしなかったんだけど、泉は自分の名前をだしたその子（小学生）をほかの手下たちに命令してボコボコにしました。その子は女の子だったのですが、丸裸にされて道端に放りだされていたそうです。もちろんすぐに転校しましたけど。これはこの町では有名な話です。

ピッコリーノ
［1／13　17：20］

泉は自殺なんかしていないと思う。いろいろとうわさがある。首を吊ったっていうけど、なんかおかしな恰好だったっていっていた人もいるし。天井からぶら下がったのではなく、部屋のドアノブにタオルを結んだ輪っかをかけてそのなかに首を突っこんでいたらしい。
首は前に垂れ、尻もちをついたように足を前に投げだし床に座りこんだような姿勢だったって。そんなんで死ねる?

パーティーボーイ
[1/14 18:43]
堀川は自殺なんてしていません。両親に殺されたのです。だって彼女は家庭内暴力をふるっていて、両親はその犠牲者だったから。ぼくは近所に住んでいたから、彼女の家についてのうわさをいやというほど耳にしていました。彼女のお母さんなど夕方の買い物にサングラスをかけてくることなどざらで、ひどいときにはサングラスにマスクをしても顔の痣が隠せないこともあったそうです。だから娘の暴力に悩んだ父親が自殺に見せかけて殺したのです。これは娘の葬式にもかかわらず、朗ら

かな笑顔を浮かべている両親を見たという人から直接聞いた話ですから間違いありません。

消しゴム
［1／22　14：10］
堀川泉の家ってお母さんはバレエ教室の先生で、お父さんは弁護士。弁護士ですよお。法律にはくわしいはず。今度の裁判だってじっくりと計画を練ったうえで起こしたに決まっています。

蠟人形
［1／22　18：27］
堀川泉の親が何千万もする高級車を乗りまわしているって知ってます？　食事は毎日三つ星レストランか高級なお寿司屋さん。あのお医者さんからたんまりいただいた賠償金で王侯貴族のような生活を送っているというわけ。もともと生徒が少なく

て開店休業状態だった自宅一階のバレエ教室なんてさっさとたたんで豪邸に改装中。大事なひとり娘が死んでも嘆く様子なんてこれっぽっちもないそうですよ。堀川が家庭内暴力をふるっていたといううわさは両親が流したらしいよ。そもそもお母さんがサングラスやマスクをして買い物をしている姿をわざわざ人に見せたのもそのための伏線だったらしい。ウー恐。

別のリンクをたどってみても、無責任な噂話とゴシップがあふれているばかりで、真梨子はテキストにならんだリストをざっと眺めただけでため息をつき、窓の外に目をやった。

顔の見えない人々の剥きだしの悪意に圧倒され、目眩《めまい》さえ覚えた。

天気予報では午後から晴れるということだったのに、空はあいかわらずどんよりと曇り、晴れるどころかいまにも雨が降りだしそうだった。

ログアウトし、時計を見るといつの間にか本館のカフェテリアまででかけて食事をとる時間はもうなくなっていた。仕方なく湯を沸かしコーヒーを淹れた。

言いようのない嫌悪感をなんとかふり切って、島崎昇平のことを考えようと努めた。

関係をもった患者が自殺したことを家族に訴えられ、巨額の賠償金をとられたうえにクリニックは患者が減り、閉じざるを得なくなったことが島崎昇平の鬱の直接的な原因になったのであろうことは容易に想像できた。

しかし島崎の話には不安感や抑鬱気分のような鬱病の症状として特徴的なもののほかに被害妄想なども見受けられたので妄想性の鬱病ということも考えられ、そうなると治療はいちじるしく困難なものになるかも知れなかった。

さらにむずかしい問題があった。

尿道に便が溜まるとか、ふくらはぎに鉄がねじこまれていて引き抜こうとすると足が燃えてしまうなどという体内異物混入妄想、変形妄想は統合失調症の一部として出現することがあり、島崎昇平が脳になんらかの機能障害を抱えている可能性があった。

真梨子は砂糖もミルクも入れていないコーヒーを一口ふくみ、島崎は重度の鬱状態なのだろうか、それとも統合失調症の可能性があるのだろうかと考えた。

いずれにしても、つぎの診察日には脳外科で検査を受けるように説得しなければならないだろう、と真梨子は窓の外の鉛色の雲を見つめながら思った。

3

『愛宕セキュリティー・コンサルタント』はガラス張りの高層ビルの最上階にでもあるのだろうと漠然と考えていたのだが、想像とは違って三階建ての小さな古びた建物だった。

茶屋はその一画をぐるりとまわって、建物そのものにも周辺にも特別変わったところはなにもないことをたしかめてから正面の入口に戻り、ビルのなかに入った。

カウンターの受付に座っていた白いブラウスを着た女が、茶屋を見て立ち上がった。まるで生まれたときからその仕事をしているみたいに洗練された身のこなしだった。

「いらっしゃいませ。どちらに御用でしょうか」

女が頭を下げていった。

「社長に会いたいんだが」

「お名前をうかがえますか」

女がていねいに尋ねた。

「警察の茶屋という者だ」

茶屋がいった。

「警察の方ですか」

警察ということばに驚いたような様子はまったく見せずに女が尋ねた。

「そうだ」

茶屋は答えた。

「少々お待ちください」

女がカウンターのうえの内線電話をとり、誰かと二言三言ことばを交わした。上半身を心もちひねり、手にもった受話器を隠すようにしたので、どこの誰になにを連絡し相手がどんな答を返したのか茶屋には聞きとることができなかった。

「失礼しました」

女が受話器を架台に戻していった。ていねいな口調に変わりはなかった。

「ご案内します。どうぞこちらへ」

女はそういうと、カウンターのなかからでてきてエレベーターのあるフロアの奥に向かって優雅な足どりで歩きはじめた。

茶屋は、会社のなかに入ったとたん屈強な男たちがでてきて問答無用で追い払おうとするに違いないと予想していたので、なんの抵抗も妨害もなく迎え入れられたことに拍子抜けがする思いだった。

フロアの奥にはエレベーターが二基あり、一基が一階に停まっていた。女はそちらのエレベーターのボタンを押して扉を開けた。扉が開くと自分が先に乗り、扉を片手で押さえながら茶屋をケージのなかに導き入れた。

扉が閉まると、女はふたたびボタンを押した。

エレベーターは静かに上昇し、三階で停まった。

「どうぞ。こちらです」

女が塵ひとつ落ちていない廊下を歩きはじめた。

廊下の両側にはいくつもドアがならんでいたが、どの部屋もひっそりと静まり返っていて、廊下を歩いている人間もいなかった。考えてみれば、ビルのなかに入ってからこの会社で働いているはずの社員の姿をひとりも見かけていなかった。

女が廊下の突き当たりの部屋で立ち止まってドアを二度ノックした。

女はなかからの返事を待たずにドアを開けると、ふたたび頭を下げた。

「どうぞ」

「どうも」

「どう致しまして」

女はほほ笑みを浮かべると茶屋に背を向け、エレベーターのほうへ向かって歩きはじめた。

茶屋は思わず無意味な常套句を口にしてしまったことを後悔し、ひとりで赤面した。咳払いをして部屋のなかに入った。

室内は広くて涼しかったが機能一辺倒らしく、トロフィーを飾った棚もなければ壁に油絵や表彰状などがかけられている訳でもなかった。

窓からの眺めも良いとはいえず、同じような灰色のビルの背面と配管が見えるだけだった。

まだ三十代だと思われる若い男が大きなデスクの後ろで立ち上がっていた。

「そちらにおかけください」

男が入口近くの椅子を指し示しながらいった。茶屋はいわれた通りに椅子に座り、男とやや距離を置いて向かい合った。

男は茶屋が椅子に座るのを見てから自分も腰を下ろした。

男は眼鏡をかけていたが、髪を短く整え夏用のスーツを一分の隙もなく着こなしていた。シャツは青で、やはり青いネクタイを締めていた。きれいに髭を剃っていて、肌もなめらかで染みひとつなかった。おそらくそばに近づけばコロンの匂いがするに違いなかった。

この男の姿がいわゆるIT企業で働く人間の典型的な外見なのだろうかと茶屋は思った。

コンピューターにくわしい人間というと、茶屋の頭には野球帽を前後ろにかぶったTシャツに半ズボン姿の男、もしくは鵜飼縣のような突拍子もない恰好をした女が浮かんでくるのだった。

「あんたが社長なのか」

茶屋は男に向かって聞いた。

「いいえ。社長の日馬《くさま》はただいま出張しておりまして会社にはおりません。ご用件は社長に代わってわたしがうかがいます」

男がいった。

「日馬の出張先はどこだ」

茶屋は尋ねた。

「セキュリティー・コンサルタントというこの会社の性質上、そのような情報は社外秘になりますので」

男がいった。

「答えられんのか」

「申し訳ありません」

「あんたの名前は」

「秘書の関口《せきぐち》と申します」

「おれをここに通したのはどういう訳だ」

茶屋はいった。

「と、おっしゃいますと」

関口が片方の眉を上げて尋ね返した。

「おれは受付で警察の茶屋だと名乗っただけだ。受付のお嬢さんは警察手帳を見せろともいわず、身元をたしかめようともしなかった。セキュリティー・コンサルタントを名乗っている会社にしては少しばかり不用心じゃないかと思ってね」

「県警本部捜査一課の茶屋警部。これでよろしいですか？」

鷹揚な笑みを浮かべながら関口がいった。

「短時間のうちに訪問者の身元を確認させていただくのは当社のもつ特殊技能のひとつですので」

「なるほど」

茶屋は憮然としていった。

「で、ご用件はなんでしょう」

関口がいった。

「ここは『愛宕セキュリティー・コンサルタント』の本社なのか」

茶屋は関口の質問を無視して尋ねた。

「そうですが、なにか」

「ここでは何人くらいの人間が働いているんだ。それも秘密か」

「およそ七、八十人ほどですが」

「それにしてはまるで幽霊屋敷みたいに静まり返っているじゃないか。ここに上がってくるまでに社員らしき人間にはひとりも行き合わなかったぞ」

「事務職の者は皆デスクにしがみついてPCとにらめっこをしているものですから」

関口がいった。

「あんたはいつからこの会社にいる。会社に入って何年だ」

「わたしですか？　三年になりますが」

「この会社が創立されたときからいる訳か」

「はい」

「この会社を興したのは誰だ」

「社長の日馬ですが」

「創立当時から日馬が社長だったのか」

「はい。日馬がひとりで立ち上げた会社で、その後プログラマーやシステムエンジニアがひとりふたりと集まっていまの規模になりました」

「おかしいな。こちらの調べではこの会社の創立者は四年前まで東京でいくつものベンチャー企業を渡り歩いて自分の会社を興しその世界で名を馳せた能判官古代《のうじようこだい》ということになっているんだがな。一財産を築いた能判官は三年前にとつぜん東京の会社をたたんで生まれ故郷であるこの愛宕市に帰り『愛宕セキュリティー・コンサルタント』を立ち上げた。どうだ、違うか」

「能判官古代さんですか？　そのような方は存じ上げませんし、その方がこの会社の設立に関わられたなどという事実はまったくありません」

関口がいった。

「名前を聞いたこともないというのか」

「はい。そもそもそんなでたらめな噂話をどこで耳にされたのです」

「あんたたちだけがインターネットやらコンピューターにくわしい人間じゃないんだ。こちらにもそういう特殊技能をもった専門家がいるということだよ」

「なるほど、そうですか。しかしその専門家は調べる先を誤ったようですね」

関口は相変わらず冷笑を浮かべたままだった。

「それだけじゃない。ほかにもいろいろ知っていることがあるぞ」

「ほう、たとえばどんなことでしょう」

「契約先の会社の企業秘密を盗んで、それをほかの会社に売っているなんていうのはどうだ」

「それもでたらめな噂話のひとつに過ぎませんね」

関口がいった。

「証拠があるといったらどうする」

「その証拠とやらをぜひ見たいものですね」

「いつまでそうやって笑っていられるかな」

茶屋はいった。

こちらの質問に逐一答えているようで、その実口《じっ》先ではぐらかしているだけの男に次第に腹が立ってきた。

「わたしどもが契約先の利益を害しているなどという話は論外にしても、たとえばこの会社の成り立ちについてわたしとあなた方とに少々食い違いがあるからといって、それが罪になりますか。なにが問題なのでしょう」

「問題はな、おれが殺されかけたということだ。乗っていたタクシーの前と後ろをでかいゴミ収集車にはさまれてな。あやうく車ごと圧しつぶされるところだった。それを指示したのが日馬か能判官のどちらかなんだよ。いや、ひょっとしたらあんたも一枚嚙んでいたのかも知れんな」

「ご用件というのはそれですか？」

表情を変えることなく関口がいった。

「なにか言い分でもあるのか」

茶屋は鼻息を荒くしていった。

「申し訳ありませんがわたしも忙しい身で、そのような荒唐無稽なホラ話を聞いている暇はないのです。もしそれが事実だとおっしゃるなら、つぎは証拠をお持ちください。逮捕状といっしょにね」

茶屋は男をにらみつけたが、男はまったく動揺するそぶりを見せなかった。

「さあ、お帰りください」

男がいった。

茶屋は椅子を蹴立てて立ち上がり、ドアノブに手をかけた。

「そういえばあんたのところに大きな男はいるか。おれより大きな化け物のような男だ」

ドアノブに手をかけたまま茶屋はふり返っていった。

「大男ですか？　当社は警護の仕事もしていますので、そちらには体格の良い人間が大勢おりますが」

「そうか。その大男に会うようなことがあったら、茶屋がよろしくいっていたと伝えてくれ。かならずだぞ。良いな」

茶屋はそういって廊下にでると力まかせにドアを叩きつけた、つもりだったがドアクローザーが油圧式だったために茶屋の腕力にもかかわらず音も立てずゆっくりと閉まっただけだった。そのために茶屋はよけいに頭に血がのぼり、思わずうなり声を発することになった。

証拠はないので捜査はむずかしいといっていたのにもかかわらず、今日になっていきなり『愛宕セキュリティー・コンサルタント』へ行き社長に会ってくるようにいったのは縣だったが、一体どんな目的があってこんなことをさせるのか、茶屋にはさっぱりわからなかった。

4

目が覚めた。

いつのまにか眠りこんでしまったらしかった。体がこわばり、汗をかいていた。横たわったまま窓の外に目をやった。空には黒い雲がかかっていたが、しばらく眺めているうちになにやら白いものがどこからか現れて流れるようにゆるやかにうごめきはじめた。

白い霧だった。

霧は次第に濃くなり、まるで雲のふりをするかのように変幻自在に姿を変えながら空をおおっていき、黒々とした雲に分厚く白い毛布をかぶせてしまった。

窓に目を向けたまま身じろぎせず、ベッドのなかのさまざまな肌触りを感じるがままにしていた。シーツの冷たい感触や頬にあたる枕のなめらかな感触を。それから左手を結んだり開いたりしながら細かく指を動かした。左手が済むと今度は右手で同じ動作をくり返した。

手を動かすといくぶん気分が楽になり、深い呼吸ができるようになった。

ベッドから降り、浴室で熱いシャワーを浴びた。タオルで体を拭って乾いた下着に着替えた。

バスローブを羽織ってダイニングへ行き、大型冷蔵庫の冷凍庫からジンとベルモットをとりだし、シェイカーも氷も使わない自分のためのマティーニをつくった。

壁の時計を見ると二時間近くも眠っていたことがわかった。うたた寝することなど滅多になかった。

カクテルをなみなみと満たしたグラスをもってリビングルームの窓の前に立った。眼下の遊園地の大観覧車もすっかり霧に隠れ、はるか遠くの埠頭に輪郭を失った大型貨物船が不吉な影のように白い水面にゆらゆらと浮かんでいるのが見えた。

窓を離れてソファに腰を下ろしたとき、テーブルのうえに置いてある携帯電話が鳴った。かけてきた人間が関口であることを確認してから携帯を耳に当てた。

「とつぜんお電話を差し上げて申し訳ありません。緊急の用件ではございません。今日の午後、会社に県警の人間がやってきたことをご報告しようと思いまして」

関口がいった。

「警察の捜索が入ったということかね」

「いいえ、決してそういうことではありません。刑事がひとり癇癪を起こして怒鳴りこんできたという、ただそれだけのことです。以前お話ししたことがあると思いますが県警本部の茶屋という男で、捜索どころか愚にもつかない戯言《たわごと》を一方的にまくしたてて帰って行きました。うちの会社のことをいくら調べても犯罪を立証することができないのでフラストレーションが溜まりに溜まって自棄《やけ》になっているといった感じでした。哀れなものです」

「なるほど。それで？」

関口という男がただそれだけのことを告げるためにわざわざ電話を寄こすような人間ではないことを古代はよく知っていた。

この一年ほどはコンピューターを使う仕事はもっぱら関口が中心となってこなすようになっており、社長である日馬はどちらかというと力仕事が専門のようになっていたが、その力仕事のほうも最近は失敗がつづいていて、重要なポストにとどめておくことはむずかしくなっていた。

なにしろ『愛宕セキュリティー・コンサルタント』は危機管理を専門とする会社なのだから。

「ただ一点だけ気になることがありまして」

関口がいった。

「茶屋が脅し文句をならべ立てるうちに、コンピューターやインターネットにくわしいのはあんたたちだけではない。こちらにもコンピューターにくわしい人間はいるとぽろりと洩らしたことが気になりまして、もう一度動坂署の刑事のPCを探ってみたのです。能判官社長のモンタージュをネットに流した鶴丸という男ですが……」

「わたしを社長と呼ぶのは止め給え。今日からきみが『愛宕セキュリティー・コンサルタント』の社長だ」

古代はいった。

「ありがとうございます。謹んでお受けさせていただきます。で、その鶴丸のPCをもう一度探ってみたところ同僚刑事とパソコンでの短いメールのやりとりが見つかりました。読み上げます。〈あの女は一体誰だ〉〈鵜飼縣といって、東京からきた警察庁の人間らしい〉〈警察庁？　本当か〉〈どうやら事実らしい〉と、これだけのものなのですが」

「警察庁の女？」

古代は興味をそそられて尋ねた。

「はい。さっそく警察庁の人事記録を当たってみたのですが、そこに鵜飼縣という人物は見当たらず、念のためにと思って調べてみた警視庁のデータベースのほうに名前がありました。ところが、ファイルには警察学校を卒業して都内の所轄署の鑑識係に配属されたところまでの記録はあったのですが、そこから先の経歴が一切消去されていました」

「消去されていたとは、どういうことだね」

「これはあくまでわたしの推測ですが、この女はコンピューターに関する特殊な技能をもっていたために所轄署から警察庁に引き抜かれ、現在は身分を隠さなければならないような特別な任務に就いているのではないかと思われます。経歴を秘匿する理由などほかに考えられませんので。警察学校の卒業年を見るかぎりまだ二十代の若い女のようですし、おそらくうちの会社のサーバーに侵入しようとしたのもこの女と考えて間違いないでしょう」

「つまり、その女はコンピューターの専門家で、それが県警の刑事と組んで『愛宕セキュリティー・コンサルタント』を嗅ぎまわっているということかね」

「そうだと思われます」

「その女はいまも愛宕市にいるのかね」

「はい。居場所もわかっています。市内のホテルの宿泊客リストを調べたところ市の中心部からだいぶ離れたビジネスホテルに泊まっていることがわかりました。日馬さんが吉野というジャーナリストを拉致しようとして失敗したホテルです。吉野は自宅に帰っていますが、この女がいまも吉野が宿泊していたホテルに滞在していることも偶然とは思えません」

まるで暗記した芝居のセリフを読み上げるように関口がよどみなくつづけた。

「どうするべきでしょうか」

「きみは、茶屋という刑事が、会社のことをいくら調べてもなにも証拠が挙がらないのにしびれを切らして怒鳴りこんできたといったな」

マティーニグラスの細い脚を指先でもてあそびながら古代はいった。

「はい。その通りです」

「その印象に確信があるのだな」

「はい」

「証拠が挙がらないなら、コンピューターの専門家だろうが警察庁の人間だろうが関係がない。こちらは痛くも痒くもないからな。それよりきみには頭師を捜すことに専念してもらいたい。頭師と逃げている鈴木とかいう指名手配犯を見失ったといっていた場所があったな」

「はい。砧《きぬたちょう》町と斎木町《さいきちょう》のあいだにある休耕地です」

「そこにもう一度人をやって付近をくまなく捜させ給え」

「鵜飼縣という女のほうはどう致しましょう」

「その女には手をだすな。とりあえず二十四時間態勢で監視をつけておくだけで良い」

「わかりました」

関口がいった。

電話を切る寸前に古代はふと思いついて指を止めた。

「きみはその女の写真をもっているのかね」

「いえ、もっておりません」

「それなら監視役に写真を撮るようにいってくれないか。どんな女なのか見てみたい」

「はい。仰せの通りに」

古代は携帯を切ってテーブルに戻すと、グラスの酒を口に運んだ。

5

縣は蓮見が運転する車で、氷室屋敷で働いていたという夫婦の家に向かっていた。

「なんていう名前だっけ」

制限速度を守り神経質なくらいに安全運転をしている蓮見に、助手席に座った縣が尋ねた。

「堺松太郎《さかいまつたろう》に美佐子《みさこ》です」

前方を一心に見つめ、ハンドルを必要以上に強く握りしめながら蓮見がいった。

「どんな人たち？」

「どんな人たちって、気の好い夫婦ですよ。ただ……」

「ただ、なに」

「うまくいえないのですが、なんだかとっつきにくいというか、話しづらいところがありまして」

「気どっているとかお高くとまっているということ？」

「いいえ、そんなことはありません。本当に気の好い、おとぎ話にでもでてくるようなおじいさんとおばあさんですよ」

「それなのにとっつきにくいというのはどういう訳」

「氷室邸のようなあんな大きな屋敷でご主人様だけでなくご主人様を訪ねてくる大企業の社長やら海千山千の政治家たちやらの世話を長年焼いていると、自然とああいう物腰になるんでしょうな。わたしたちのような下々の者からすると受け答えひとつとってもなんとも浮き世離れがしているように聞こえましてね。話しているうちにこっちの舌がもつれてしまうような感じなんです。まあ、わたしの育ちが悪いからそんなことを思うんでしょうが」

穏やかな曲線を描く通りをゆっくりとたどるうちに、両側に小さいが個性的な家がならんでいる一画にでた。

「あそこです」

蓮見が低い柵にかこまれた古い家を指さした。

家は小さかったが凝った造りで芝生の庭にはロッキングチェアまで置いてあり、それこそおとぎ話の絵本にでてくるお菓子の家のようだった。

蓮見は家の前で車を停めた。

「前もって電話をしておきましたから、ふたりとも家で待っているはずです」

車を降りた蓮見が縣にいった。

蓮見はステップを上がって玄関ドアの呼び鈴を鳴らした。

ドアを開けたのは銀髪を上品に結い上げた小柄な老女だった。

「いらっしゃいませ。お待ちしておりました。さあ、どうぞ」

縣と蓮見は家のなかに入った。

玄関ホールは板張りでかなり広々としており、壁には油絵の風景画が何枚か飾られていた。一瞥しただけで、奥行きだけでなくそこに流れている空気まで感じられるような熟達した絵だった。高名な画家が描いたに違いないと思えたが、それが誰なのか縣にはわからなかった。

額縁の下に小さなテーブルが置いてあり、そこに固定電話が載っていた。さすがにダイヤル式ではなくプッシュボタン式だったが、一体いつの時代のものなのか特大のクリスマスケーキくらいの大きさがあった。

リビングに夫の松太郎と思われる男性がいて、縣と蓮見をソファからわざわざ立ち上がって出迎えてくれた。松太郎はワイシャツにズボン姿で八十歳近い年齢に見えたが、妻とは反対に背が高く、背筋はズボンの折り目と同じようにまっすぐ伸びていた。

「こちらが電話でお話しした鵜飼さんです」

蓮見が松太郎に縣を紹介した。

Tシャツとジーンズにライダースジャケットを羽織った縣の出で立ちを見ても松太郎は眉ひとつ動かさなかった。

「鵜飼縣です。お時間をとっていただいてありがとうございます」

「時間をとるなどと、とんでもありません。わたくしどもが警察のほうに伺わなければならぬのに、わざわざこうしておみ足を運んでいただきまして恐縮の至りでございます」

松太郎は低く落ち着いた口調でそういうと深々と頭を下げた。

「コーヒーとお紅茶、どちらになさいます」

戸口に立っていた美佐子が蓮見と縣に訊いた。

「紅茶をお願いします」

縣は答えた。

「蓮見様は」

「わたしはコーヒーを。恐縮です」

蓮見が美佐子に向かって頭を下げた。

「どうぞ、おかけになってください」

松太郎が蓮見と縣に座るよう勧め、ふたりはソファに腰を下ろした。それを見て松太郎も向かいにゆっくりと腰を下ろした。近寄りがたいところなどなかったが、たちふるまいは優雅で貴族的だといえないこともなかった。

美佐子が紅茶とコーヒーを運んできた。

「ありがとう」

「いただきます」

「お前もここに座りなさい」

松太郎がいい、美佐子はテーブルの片隅に盆を置いて松太郎の横に腰を下ろした。真っ白な襟のついたワンピースを着た美佐子は穏和で愛らしい表情をしていた。

縣はカップをもちあげ、紅茶を一口飲んだ。

「おいしい」

「ありがとうございます」

美佐子が羞じらうようにほほ笑んだ。まるで少女のような無邪気なほほ笑みだった。

縣はそれぞれの膝のうえに行儀よく置かれたふたりの指先を見た。ふたりとも宝飾品の類はまったくつけておらず、結婚指輪さえ嵌めていなかった。

ふたりの背後の壁際に木製の立派なテレビ台が見えたが、そこにテレビはなく代わりにレコードプレイヤーが載っていた。

「いまでもレコードプレイヤーを使っていらっしゃるんですね。どんな音楽をお聞きになるのですか」

縣は好奇心からふたりに尋ねた。

「歌謡曲ですわ。ムード歌謡とかムードコーラスとか。あの時代の歌謡曲が好きなものですから」

美佐子がいった。

「良い年齢《とし》をして、お恥ずかしい限りです」

背筋を伸ばしたままの松太郎がいった。

「そんなことはありません。ムードコーラスはわたしも好きですから」

縣はいった。

「素敵なお家ですね」

「恐れ入ります。ここはこの美佐子が生まれた家なのです。美佐子の両親が亡くなったのでいまはわたくしたちが住んでいる次第です」

「趣味の良いご両親だったのですね。お仕事はなにをされていたのですか」

「学校の教師をしておりました。母は音楽を父は美術を教えていました」

美佐子がいった。

「美術を？　ひょっとしたら玄関ホールの油絵はお父様が描かれたものですか」

「はい」

「素晴らしい才能の持ち主だったのですね。亡くなられたのはいつですか」

「母は天寿を全うしましたが、父は若いうちに亡くなりました。とても若いうちに」

「おいくつだったのですか」

「三十一歳です。結核でした」

「それは残念ですね。あなたはおいくつだったんですか」

「まだ三歳でした」

「そうですか。お母様はさぞご苦労なさったのでしょうね。美佐子さんはご兄弟は」

「おりません。ひとりっ子でした」

「おふたりにはお子さんはいらっしゃらないのですか」

この夫婦にはおそらく子供はいないに違いないと思いながら縣は尋ねた。

「おりません。自分たちに子供がいるせいでご主人のお世話がおろそかになっては申し訳が立ちませんので、子供はもうけませんでした」

松太郎がいった。

蓮見がいった通り言葉遣いは上品でまどろっこしいくらいだったが、ふたりとも正直すぎるくらい正直だという印象だった。

「おふたりとも氷室邸でのお仕事は長かったのですか」

「三十年になります」

松太郎が答えた。

「三十年？　すると賢一郎氏だけでなく友賢氏にもお仕えになっていたのですか」

縣は驚いて尋ねた。

「はい」

「それならおふたりは鈴木一郎に会ったことがあるのですね」

松太郎と美佐子がたがいの顔を見合わせた。

「隠す必要はありません。友賢氏が入陶倫行さんの死後、鈴木一郎を預かっていたことは知っていますから。鈴木一郎はそのときまだ十八歳か十九歳だったはずです。どうです？　お会いになりましたね」

「はい。その方を二、三度お見かけしたことはあります」

松太郎がいった。

「二、三回？　たったそれだけですか。鈴木一郎の食事などはどうしていたのです。あなたたちが食事をつくっていたのではないのですか」

「お屋敷にはわたくしたちのほかにもうひとり執事がおりまして、その男が鈴木一郎様の身のまわりのお世話を友賢様から任されておりました」

「その執事の名前はなんというのでしょう？」

「袋田《ふくろだ》といいまして、お屋敷の勤めはわたくしどもよりずっと長う御座いました」

「その方から話を聞きたいのですが、どこに住んでいるかご存じですか」

「残念ながら十年前に亡くなりました」

「そうでしたか」

縣は思わずため息をつきそうになった。

「鈴木一郎はどれくらい氷室邸に住んでいたのでしょう」

縣が尋ねるとふたりがふたたび顔を見合わせた。

「一年……。いや、ひょっとしたら七、八ヵ月くらいの期間だったかと」

「正確なところはわからない？」

「申し訳ありません。鈴木一郎様は滅多にお部屋からでることはありませんでしたし、そればかりかいつからお屋敷にいらっしゃったのかさえはっきりとは申し上げることができませんのです」

「氷室邸で暮らしていた鈴木一郎がとつぜん屋敷をでた理由はなんだったのです？」

「それもわかりかねます。なにしろわたくしどもは住みこみではなく通いでしたし、鈴木一郎様はもうお屋敷にいないとご主人から告げられたのもずいぶん月日が経った後のことでしたので」

「そうでしたか」

縣は落胆してつぶやいた。

鈴木一郎に関することならどんなことでも知りたかったが、残念ながらあきらめるしかなさそうだった。

「生前友賢氏と賢一郎氏親子があの屋敷でいっしょに暮らしていたことはあるのでしょうか」

「それはもちろんおありでしょうが、わたくしどもはその時期のことは存じ上げません。賢一郎様は高校を卒業するとイギリスの大学へ行かれまして、それから友賢様が亡くなるまで屋敷には一度もお帰りになりませんでしたから」

「氷室親子は仲がよくなかったのですか」

縣は単刀直入に訊いた。

「とんでもありません。賢一郎様は武者修行と称してさまざまな国の会社や組織で実務を経験するという義務をご自分に課しておられたのです。日本にお帰りになったあとは、ご自分の家を建てられ、そちらに住んでおられました。離れてお暮らしにはなっておりましたけれど、友賢様ともたいへん睦まじいご関係で、お屋敷にも頻繁に訪ねてこられておふたりでそれはお愉しげにお食事を共にされておりました」

「友賢氏が亡くなったのは病気が原因でしょうか」

「はい。心臓の病でございました」

「友賢氏が亡くなったあと賢一郎氏が屋敷に越されてきて、あなたたちの新しい主《あるじ》になった。そういうことですか」

「左様でございます」

「賢一郎さんはどんなご主人でしたか」

「とてもご親切でとても寛容なご主人でした」

松太郎がいった。

「美佐子さん、あなたはどうです？」

縣は美佐子に顔を向けて尋ねた。

「とても一言では言い尽くせません。穏やかでお優しくて、わたくしたちのような使用人に対しても命令口調でものをおっしゃるようなことは一切ありませんでした」

「声を荒らげることも？」

「滅相もありません。そんなことはただの一度もございませんでした」

「事件があった日にあなたたちふたりが屋敷にいなかったのはなぜです」

「一年前から賢一郎様にお暇をだされておりました」

松太郎がいった。意外な答に縣は目を見張った。

「一年前にとつぜん暇を言い渡されたのですか」

「はい」

「賢一郎氏はそのとき理由をおっしゃいましたか」

「しばらく屋敷から離れていてもらいたい、と」

「それだけですか。具体的な理由はなにもいわなかった？」

「はい」

「それでもあなたたちは賢一郎氏のことばに従ったのですね」

「はい。ご主人は衝動的に行動されたり、どんなことであれ感情的に物事をお運びになったりする方ではございませんでしたから、きっとなにかお考えがあるのだろうと。いまから思うと、ご主人はわたくしどもの身の安全を図られてお屋敷から遠ざけられたに違いなく……」

松太郎が肩を顫《ふる》わせ、顔をうつむかせた美佐子が夫の肩にそっと手を置いた。

「賢一郎氏がボディーガードを雇ったことは知っていましたか」

「いいえ」

松太郎が首を横にふった。

「あの、よろしいですか」

美佐子が小さく声を上げた。

「なんでしょう」

縣は美佐子に顔を向けた。

「ご主人が、そのボディーガードとやらをお雇いになったというのは本当の話なのでしょうか」

「ええ、事実です。なにか不審な点でもありますか」

「ご主人がご自身の身を守るためにお金で人を雇うなどということが信じられませんのです。新聞などを見ますと、ご主人が何者かに怯えて見ず知らずの格闘家の男をふたりも雇ったうえに地下に隠れていたなどという記事があって、なんと無礼で無責任なことを書くのかと」

「美佐子、口を慎みなさい」

松太郎が小声で美佐子のことばをさえぎった。

「いいえ、かまいません。美佐子さん、くわしく説明してもらえますか」

縣はいった。

「ご主人はお優しいだけでなく剛胆なお方でもありました。なにかに怯えたりするなどということはありませんでしたし、危害を加えようとする者に背を向けるなどということは決してなさらない方でした。ましてや隠れるなどということは考えられません。ご主人なら相手が誰であれ正々堂々と立ち向かわれたはずです」

「五十五歳という年齢になられてからもお屋敷のなかにあるジムで毎日体をお鍛えになっていらっしゃいましたし、ボクシングの心得もおありになりました」

たったいま美佐子を制止したはずの松太郎が、妻に助け船をだすかのように横合いから口をはさんだ。

「ボクシング？　強かったのですか」

「イギリスに留学中にボクシングを覚えられ、あちらのアマチュアの全国大会でチャンピオンになられたほどです」

「松太郎さん、あなたも美佐子さんと同じ考えですか。賢一郎氏がボディーガードを雇うなどということは信じられないと」

「はい。ご主人のご性格からしてまったく考えられぬことです」

縣は思わずつぎの質問を飲みこんだ。

ふたりの話はまったく耳新しいもので、それまで思いつきもしなかった方角に縣の考えを向けさせた。

「屋敷の地下道のことは知っていましたか」

しばらく押し黙ったあと縣はふたりに尋ねた。

「もちろんです」

松太郎が答えた。

「ほかに知っている人は」

「お屋敷にみえられた方ならどなたでもご存じだったと思います。賢一郎様はお屋敷に地下道があることをお客様たちにお話しになって興がられることが多うございましたし、実際に地下へ降りることまではなさいませんでしたが地下へ通じる入口がある小部屋をお見せになることも幾度かございましたから」

「地下の部屋はどうです。それも知っていましたか」

「部屋があることは存じませんでした。わたくしどもがお暇を言い渡されたあとこの一年のあいだにお造りになられたものだと思います」

「たしかですか」

「はい。わたくしはネズミなどがでていないかたしかめるために、月に一度は地下に降りておりましたから」

「地下に部屋を造るつもりだと賢一郎氏があなたたちに話したことはありますか」

「いいえ」

「賢一郎氏が地下に部屋を造った理由がなにか思い当たりますか」

「いいえ。まったく思い当たることはございません」

松太郎がいった。

縣はふたたび黙りこんだ。向かいに座っているふたりが心配そうに縣を見つめる視線を感じた。

「お紅茶のお代わりをお持ちしましょうか」

美佐子が縣にいった。

「いえ、けっこうです」

縣はいった。

「最後にひとつだけ良いですか」

「もちろん、なんなりとお聞きください」

松太郎がソファから半分身を乗りだすようにしていった。

「賢一郎氏はお酒を飲みましたか」

「お酒ですか」

「ええ。どうです？　賢一郎氏はお酒は飲みましたか」

「いいえ、お飲みにはなりませんでした。パーティーなどで形ばかりお酒のグラスをお手にすることはありましたが、実際は一滴もお飲みになりませんでした」

松太郎がいった。


縣と蓮見は時間をとってくれたことに対してていねいに礼をいって堺夫婦の家を辞し、車に乗った。

「あの夫婦にお会いになりたいと鵜飼さんからいわれたときはなんのためかと思いましたが、これで腑に落ちました。あなたはあの夫婦から鈴木一郎のことをお聞きになりたかったんですね。それにしても鈴木一郎が氷室屋敷で暮らしていたことがあるなんてまったく知りませんでした」

慎重な手つきでシートベルトを締めながら蓮見がいった。

「まったくあなたというお人はなんでもお見通しだ。こうなってくると今回の事件は鈴木一郎もきっとなにか関係しているのでしょうな」

「まあ、あるようなないような」

饒舌な蓮見とはまったく別のことを考えながら、縣はうわの空で返事をした。

「これからどうなさいますか」

二分ほどもかかってようやくシートベルトを締め終わった蓮見が縣に尋ねた。

「お腹が空いたかも」

縣はいった。

「食事ですか。それは困りましたな。わたしはしゃれたレストランなどまったく知らんので」

「トーストサンドが良い」

「トーストサンド？」

「うん。あんたのところの自販機のトーストサンド。あれが食べたい」

「承知しました」

蓮見は満面の笑みでいうと車のエンジンをかけた。

6

関口は飾り気のない殺風景なオフィスを見まわした。

日馬は、オフィスの印象は無機的に保っていなければならないという考えの持ち主で、機能一辺倒どころか部下がパソコンをもちこむことさえ嫌った。

古代ははっきりとは口にしなかったものの、関口には日馬が二度と戻らないことがわかっていた。

今日からは自分の流儀でいくらでも好きなように模様替えができるようになったオフィスだったが、関口には壁に絵を掛けたりするつもりも花を活けた花瓶などを置いたりするつもりもなかった。

これからは在宅での勤務を中心とし、オフィスには極力顔をだすまいと考えていたからで、オフィスがせまかろうが広かろうが、殺風景だろうがそうでなかろうがどうでもよかった。

そもそも『愛宕セキュリティー・コンサルタント』はコンピューター・セキュリティーを専門とする会社なのだから、自身のネットワークをひたすら巨大化していくのではなく、その反対にできるだけ小さくコンパクトなサイズにまとめておくことに意をそそぐべきだと関口は考えていた。極小化し要塞化するほど、外からの脅威に対して守りを堅固にできるからだ。

仕事の指示を与えるのも報告を受けるのもオンラインに限り、命令系統の頂上に誰がいて、誰が自分たちを陰から操っているのかを社員たちにできるだけ知られないようにすることが関口の理想だった。

そういえば、日馬も命令の真のでどころを最後までつかみきれなかった社員のひとりだった訳だ。そう考えると、関口の口元がひとりでにほころんだ。

しかし在宅勤務をすぐに実行に移す訳にはいかなかった。処理しなければならない問題がまだいくつか残っていたからだ。

少なくとも頭師を見つけだすまでは形だけでもオフィスにおさまっていなければならないだろう。

そこまで考えたとき胸ポケットに入れてあるスマホが鳴った。

ポケットからスマホをとりだした。

関口は鵜飼縣を見張るためにふたりの人間を割いていたが、電話をかけてきたのはそのうちのひとりである神尾《かみお》という男からだった。

「なにかありましたか」

関口はスマホを耳に当てていった。

「いえ。定時報告です。女は午後三時半に初音署へ行き、署の刑事の運転で市内清澄《きよずみ》町《ちょう》の個人の住宅へ向かいました。堺姓の夫婦が住んでいる家で、調べたところこの夫婦は氷室屋敷で使用人として働いていたことがわかりました。おそらく女は所轄署の刑事と共に氷室賢一郎の生前の暮らしぶりや社交上の交友関係についての聞きこみをしたものと思われます」

神尾がいった。

「そのあとは」

「はい。午後五時に堺の家をでた女はいったん初音署に戻り、そこに三十分ほどいてからタクシーでホテルに戻りました」

「女はいまホテルの部屋にいるのですね」

「はい。外へは一歩もでていません。もちろん外出しているあいだに部屋には盗聴器を仕掛けておきました」

「女はホテルの部屋にＰＣを置いていかなかったのですか」

「女はパソコンをつねに持ち歩いているようです。残念ながら部屋には電子機器の類は一切ありませんでした。もし部屋に置いてあれば細工することができたのですが」

「仕方ありません。その盗聴器が拾う音はわたしも聞くことができますか」

「はい。音を拾ったらすぐにそちらに信号を送りますので、わたしの携帯番号のあとに＃と打ちこんでください」

「わかりました。写真はどうです？　写真は撮れましたか」

「はい」

「相手に気づかれなかったでしょうね」

「望遠で撮りましたから心配はありません」

神尾がいった。

「その写真を送ってください」

「いま送ります」

写真が送られてきた。

スマホの画面を見て関口は眉をひそめた。そこにはホテルをでる瞬間のTシャツにジーンズを穿きライダースジャケットを羽織った女の姿が映っていたからだ。

「この女で間違いないのですか」

関口は思わず神尾に聞いた。

「間違いありません。確認はとれています」

神尾が答えた。

「わかりました。監視をつづけてください」

電話を切った関口は、鵜飼縣という警察庁からきた人間が氷室屋敷で働いていた使用人から話を聞いたことを真剣に検討する必要があるだろうかと一瞬考えたが、すぐに心配するには及ばないと結論づけた。

氷室賢一郎を拷問したうえ殺害したのは日馬であり、その日馬もいまとなっては冷たい骸《むくろ》になっているに違いないのだから。

7

ホテルに戻った縣はシャワーを浴びてパジャマに着替えたあと東京の道《とおる》に電話をかけた。

道はすぐに電話にでた。

「どうだった?」

縣は挨拶のことばも抜きでいきなり道に訊いた。

「きみのいった通り、今日警察庁と警視庁のサーバーにイレギュラーなアクセスがあった」

「それで？」

「時間的にはぎりぎりだったけど、いわれた通り前もってウィルスを仕込んでおくことができたよ。突貫工事でプログラムした特別なやつをね。なにしろきみから指示があったのが前の晩だから、ウィルスをつくるのに五人がかりでまた徹夜することになったけどね」

「それって、わたしの注文通りの出来なの？」

「なにしろ時間との競争だったからね。完璧とはいえないけど、でもほぼ注文通りのものができたと思う。このウィルスは位置を捕捉するGPSのようなもので、コンピューターに侵入すると同時にシステムの構造を入口から出口まで内部からスキャンしていくんだ」

「もうひとつのほうは？」

「そっちも海外の友達に頼んで、最高の条件のものを見つけることができた」

「どこなの？」

「ノルウェーのオスロ。ハッカーの基地で、そこの住民はサイトにアクセスするにも暗号化された三十以上の接続中継サーバーをランダムに選択し、さらにサーバー間の暗号も一分ごとに自動的に変更されるから滅多なことじゃ場所を突き止めることはできないはずだよ」

「そう。よかった」

縣は、安堵のあまり長い息を吐きだした。

「あんたのお仲間たちはいまなにをしているの」

「部屋の隅で冷凍マグロみたいに折り重なっていびきをかいているところ」

「目を覚ましたらすぐに家に帰してちょうだい。そろそろ限界よ」

「それは無理だよ」

道がいった。

「無理って、どうして」

「明日の夜明けとともに『愛宕セキュリティー・コンサルタント』に対してスパム攻撃を開始するつもりだから。婚活サイトへの勧誘やら宅配ピザのメニューやらのジャンクメールを二十四時間休みなく大量に送りつけるんだ。当然向こうは通常の業務を邪魔されて腹を立てると思うけど、これは各々の部署で散発的な対抗策を講じているうちに、誰かがこのスパム攻撃は真の目的を隠すためのもので、本当の目的は自社のサーバーに侵入するための陽動ではないのかと疑いだすに決まってる。そうすれば当然ジャンクメールにまぎれてサーバーに侵入がなかったかどうかハッキングの痕跡を捜そうとチェックをはじめるに違いない。探査作業が広範囲かつ念入りになればなるほど、ウィルスは迅速にシステム内に広がっていくという寸法さ。おそらく一日か二日でシステム全体の構造を完全に読みとることができると思う」

「じゃあ、それが終わったらお仲間たちはかならず家に帰してよ」

縣はいった。

「きみのほうは出張がえらく長くなっているじゃないか。どうなの、東京には帰ってこられそうなのかい。それとも永遠にそっちにいるつもり」

道が尋ねた。

「あと二日か三日だと思う。ひょっとしたら明日帰れるかも」

縣はいった。

「本当に？　事件解決の糸口をなにかつかんだのかい」

道が驚いたように声を上げた。

「そうじゃないけど。そんな予感がするってこと」

「きみが予感なんてことばをもちだすとは意外だな」

「この世界はなにごとも偶然と必然の微妙な組み合わせなの。偶然は新しい知見を発見する原動力になり、必然はその発見を正しい順路に導き確固としたものにする」

「なんだい、そりゃ。出張先で新しい宗教でもはじめた？」

「実りある結論を手に入れるためには厳密すぎてもでたらめすぎてもうまくいかないってこと。偶然に見えたことが必然で、必然に見えたことが偶然だってこともあるの」

「なにをいっているのか、さっぱりわからないんだけど」

「わたしもあんたも死んだ星屑でできていることには変わりないってことよ」

縣はいった。

「やっぱり、宗教？」

「宗教なんて関係ないったら」

「宗教じゃなきゃ、炭素原理の話かい？　生き物が出現するためには炭素が必要だという」

「イイ線ね。もっとも簡単な水素とヘリウムだけでは生命は誕生しなかった。生命が誕生するには炭素と酸素も必要だし、それらが生まれるためにはあらかじめ星という環境が整っていなければならなかった。でもそれだけじゃない。重力や電磁気力、核力などがいまよりほんの少し強くてもほんの少し弱くても原子は星の内部で生成されなかった。何十億、何百億分の一の確率でそれらは生まれ、現在の宇宙を形づくっているという訳」

「やっぱり炭素原理だ」

道がおどけたようにいった。

「わたしがいいたいのは、宇宙が生まれたのは偶然の結果だということだってできるってこと。少なくともいまの宇宙は偶然と必然の織物のようなものであるに違いない。だって、この宇宙が厳密な時計仕掛けの機械のようなものなら、なにごとも決定論的に定められているはずでしょう。意外なこと、思いつきもしなかったことなんてなにひとつ起こらず、すべてのものが予想通り、歯車の動き通りに進行していくだけ。これじゃなにも面白くないでしょう？　でも偶然というものが存在するおかげでわたしたちには自由意思というある種の独立性が与えられたって考えることもできる」

「与えられたって、誰に？」

「揚げ足とりはやめてよね。いまのは単なることばの綾《あや》」

口からでまかせをいっているとわかったうえで、調子を合わせてくれている道の無責任な口調が心地よかった。

疲労と緊張がほぐれてきて、無駄話をしているうちに事件の解決が本当に間近に迫っているような気にさえなってきた。

「人間がこの宇宙に生まれ落ちたのは偶然にしか過ぎないのだから、宇宙の歴史であるとか意味であるとかなど戯言《たわごと》に過ぎないといっていた学者がいたと思うけど」

単に会話を途切れさせない目的で、道が茶々を入れてきた。

「そのフランス人の生化学者だったか分子生物学者だったかがいったのは多分こんなこと。宇宙は偶然に生まれたのだからこの広大な空間にはまったく意味というものがない。さらにそこに偶然生まれでたに過ぎない人間が宇宙について語ることも同じように意味がないって」

「おお。なんだかわくわくするね。大いに傾聴に値する意見のように聞こえるけど。きみは賛成なの、それとも反対？」

「賛成も反対もないよ。だってその人のいっているのは、目的のない宇宙について語ることは意味がない、論理的で歯車的な必然性だけが真実で、偶然なんてものにはまったく意味がないっていっているだけだから」

「え、いまなんていった。目的のない宇宙について語ることは意味がないっていっているだけだって？　まさかきみは、宇宙には目的があるなんていいだすんじゃないだろうね。それって人間主義じゃないか。炭素主義から人間主義への展開なんてまさに必然性以外のなにものでもないと思うけど」

「なによ、さっきから炭素主義だの人間主義だのって。一体それはなんなの」

「ぼくたちは死んだ星屑でできているといったのはきみじゃないか」

道がいった。

「人間主義というのは、人間のような知性的な生物がこの宇宙に存在するのはなにか目的があるはずに違いないという考えさ。その視点をそっくりそのまま逆さまにすると、宇宙には目的があるはずという考え方にいとも簡単に変換されてしまう。『なによりも神秘的なのは、われわれが宇宙を理解できるということだ』って例の有名な殺し文句に代表されるあれだよ。こういう考えの信奉者はかならずこういうんだ。もしそうでなければ、人間の純粋思考の産物である数学の方程式が宇宙の構造にこれほどぴったりと当てはまるはずがないって。わかるだろう？　きみはそういう考え方に反対だと思っていたけど」

「宇宙になにかの意味があるのか、目的があるのかなんてわからないし、そんなことに興味もない。でも宇宙の目的や深遠な意味なんて知らなくてもわたしたちはなんとかやってきたじゃない。ロケットを月まで飛ばしてふたたび地球に戻すための軌道を計算するためには物理学の一定の知識が必要になるけど、それには宇宙のはじまりに関する正確な知識なんてものは必要としやしないんだから。わたしたちはいつだって、目先の目的によって手近な事実を選びとっては都合が良いように解釈しているだけ。でもそれって別に悲観することでもなんでもなくて、唯一絶対で必然的な事実そのものを手にしなくたって十分やっていけるってことの証明でもある。それがたとえあやまちだったとしても誰に迷惑をかける訳でもないし。あんまり論理的な筋道やら歯車的な必然性みたいなものにこだわってばかりいると最後には窮屈になりすぎて手も足もでなくなってしまうのが落ちってことよ」

「話が大きくなりすぎて見えなくなった。きみは偶然の大切さを説いていたのじゃなかった？　実りある結論を手に入れるためには厳密すぎてもでたらめすぎてもうまくいかないとかなんとか」

「そのことを話しているの。生き物のことを考えればもっと簡単に理解できるはず。生き物が進化するには遺伝子の突然変異が必要でしょう？　これこそ偶然の最たるものので、突然変異がいつどんな理由で起こるのか誰にもわからない。反対に遺伝情報が必然的かつ正確に次の世代に伝達されていくだけの世界があるとしたら、未来永劫同じことがくり返されるだけで新しいことなんかなんにも起こらないんだよ。あんたはこんな世界が面白いと思う？」

「なるほど。まあ、きみの話はいつもそうだけど、今日はいつにも増してとりとめがないね。でもわからないでもないような気がするし、それになんだか知らないけど明るい希望が見えるような気がしてきたよ」

「でしょ？」

縣はそういって、上機嫌で電話を切った。


関口は薄暗いオフィスでふたりの会話をスマホで聞いていた。

女の携帯に細工ができなかったので、盗聴器が拾える音声は女のことばだけで相手が話している内容まで聞きとることはできなかったが、女の意味不明な単語の羅列と最初から脈絡など度外視しているとしか思えない唐突な会話の打ち切り方を聞いて、この女は本当に警察庁の人間なのだろうかとますます首をかしげたくなるのをどうすることもできなかった。

第十一章

1

島崎昇平《しまざきしょうへい》は診察室の戸口に立ったまま、なかなか部屋のなかに入ってこようとしなかった。

顔をうつむかせてドアにもたれかかり、もう五分以上も同じ姿勢を崩さずにいた。ワイシャツに上着という服装は前日とまったく同じで、着替えさえしていないことは一目瞭然だった。

〈椅子にかけて下さい〉

真梨子はデスクの向かい側に立っている島崎の姿を見ながらスマホのキーボードを叩いたが、島崎は片手に持った彼自身のスマホの画面に目を向けようともしなかった。

〈コンビニに買い物へ行く途中で動けなくなってしまいました〉というメールを真梨子が受けとったのは午前八時半で、まだ自宅で出勤の準備をしている最中だった。

スマホの画面を見て送信してきたのが島崎昇平だとわかったとたん自殺念慮がでたに違いないと悟り、〈タクシーを拾って病院へ来て〉と一行だけ返信した。

急いで支度を済ませると出勤先である愛宕医療センターまで全速力で車を走らせて自分の診察室に入った。

島崎昇平が診察室の戸口に現れたのはその十分後だった。真梨子宛てにメールを打ってからなんとかタクシーを拾い、病院までたどり着くことに成功したらしかった。

もし三十分以内に島崎が診察室へ現れなかったら躊躇なく警察に連絡して、島崎の住居付近を捜索してもらおうと考えていた真梨子は、診察室の入口に現れた島崎を見て安堵のため息をついた。

自殺念慮とは鬱病傾向にある患者が死にたいであるとかこのまま消えてなくなってしまいたいなどという強迫観念にとらわれる症状だが、いつどこで発作が起こるのか医者はもちろん患者自身にも予測することはむずかしい。理由もなくとつぜん襲ってくるものだからだ。

発作が起こるのにはなんらかのきっかけがあるのが通常なのだが、そのきっかけが患者ごとに千差万別なうえに暗号めいているせいで、当人以外にはなにがきっかけになったのか理解することも容易ではない。

ある患者はビルの屋上を見上げているうちに、あそこまで昇ってぜひとも天辺から飛び降りなければならないという衝動に突き動かされてビルの階段を昇りはじめるし、別の患者は踏切の信号の前に立って警報音を聞いているうちに、つぎの列車がくる前に線路のうえに横たわって突進してくる列車に頭を轢きつぶされたいという願いで頭がいっぱいになってしまう、という具合なのだ。

衝動に屈して一歩でも前に足を踏みだしてしまうとそこから自身を引き戻すことはむずかしく、結果的に患者は死にたい衝動と自己保存の欲求のふたつに切り裂かれその場で身動きできなくなり、あぶら汗を流しながら立ちすくんでしまうことになる。

そうなったとき死を回避するには、通りかかった人に助けを求めるか、近くに人間がいない場合は電話で知り合いやかかりつけの医師に助けを求めることしか方法はないのだが、いったん自殺念慮を発症した患者が第三者に助けを求めるために声を発するとか、あるいはたまたま通りかかったタクシーに向かって手を挙げるなどという行為を実行するには想像を絶するとてつもない意志の力が必要になるのだった。

スマホのキーボードを何度打ちつづけても島崎がまったく反応を返さないことに焦れて、真梨子は椅子から立ち上がった。デスクをまわりこんでドアまで行き、島崎を背後から抱きかかえるようにして無言で部屋のなかに押し入れた。

真梨子はブラウスにスカート姿で、白衣は着ていなかった。押し入れるときに島崎の背中に胸が当たったが気にも留めなかった。

島崎は真梨子に押されるまま二、三歩よろよろと歩き、ようやく椅子に腰を下ろした。島崎を椅子に座らせると、真梨子はスマホを握った島崎の手をテーブルのうえに置き、やや強引だとは思ったが顎に軽く手を当てて心もちもちあげ、視線をスマホの液晶画面に向けさせた。

〈メールをありがとう〉

ふたたびデスクをまわりこんで自分の椅子に戻ると、真梨子はあらためてスマホのキーボードを指先で叩いた。

テーブルのうえのスマホの画面は見えているはずなのに、島崎はまったく反応を示さなかった。

〈症状がでたとき、迷わずここにきてくれるという選択をしてくれたことがとてもうれしいです〉

真梨子は別の文章を打った。

しかし島崎はやはりなんの反応も示さなかった。

〈タクシーが拾えてよかった。タクシーを拾うのは大変だったでしょう?〉

真梨子はあきらめずにキーボードを打ちつづけた。

それでも島崎は反応を示さなかった。

しばらく島崎の頭頂部を見つめていた真梨子は、あることを思いついてスマホの送信を切った。

代わりに島崎の目の前にある患者用のラップトップの電源を入れ、いつもは診察中に間違っても鳴りださないように厳重にかけている起動メロディーのロックを解除した。

エンターキーを押すと、いつもはオフになっているラップトップの起動メロディーが鳴りだした。

ヘンリー・マンシーニの『ピーター・ガン』だった。もともとテレビドラマのテーマソングだった曲だが、映画の『ブルース・ブラザース』にも使われていた。

とつぜん響きだした歯切れの良いメロディーとリズムに驚いた島崎が顔を上げた。焦点は合っていなかったが、目を真梨子のほうに向けたことはたしかだった。

真梨子はスマホではなく、診察用のラップトップのキーボードのうえに指を乗せた。

〈あなたが真っ先にここを選んでくれたことに感謝します〉

島崎が自分の目の前に置いてあるラップトップの画面に視線を向けた。なかば呆然としている様子は変わりなかったが、たしかに画面の文字を目で追っていた。

〈いまコーヒーを淹《い》れますね〉

真梨子は立ち上がって、デスクの後ろのカウンターに置いてあるコーヒーメーカーのスイッチを入れた。

湯はすぐに沸き、淹れ立てのコーヒーが入った紙コップを島崎の目の前に置くと、島崎が紙コップに目を向け、それから真梨子を見上げた。目と目とが合った。なんとか意思は通じたらしい、と思った。真梨子は胸を撫でおろして自分の椅子に戻った。

〈お腹は減っていませんか？　チョコスティックならあるけど、食べますか？〉

島崎がラップトップの画面の文字を読んだ。

〈チョコスティックといってもチョコレート菓子じゃなくて、チョコチップが入った細長いパン。診察時間が延びたりして食事の時間がとれなくなってしまったときのために抽斗《ひきだし》のなかに入れてあるの。おいしいわよ。どう？〉

ラップトップの画面に現れた文章を見て、島崎がのろのろとキーボードのうえに手を置いた。

真梨子はその様子を黙って見守った。

〈お腹は減っていません〉

島崎が人差し指一本で、たどたどしくキーを叩いた。

〈そう。それなら良いわ。ふたりでコーヒーでも飲みながらゆっくりすることにしましょう。なにも遠慮することはありません。リラックスして下さい。それから、あなたは画面を見ているだけで良いんですよ。キーボードを打つ必要はありません。わたしは耳は聞こえるから、あなたはふつうに話すだけで良いの。わかりますか？〉

真梨子がキーボードを打つと、島崎が真梨子の顔を見た。

「忘れていました。すいません」

島崎が口を開き、しゃがれ声を絞りだすようにしてやっとそれだけをいった。

真梨子は間髪入れずにキーボードを叩いた。

〈謝る必要はありません。真っ先にここに来てくれたことにもう一度お礼をいいます。ありがとう〉

「ほかに行く先を思いつかなかったので」

島崎がいった。

〈コンビニへ行く途中で発作がでたのですか〉

「はい」

島崎がうなずいた。

〈なにがあったか説明してもらえますか〉

「はい」

島崎がふたたびうなずいた。

〈急がなくても良いんですよ。話したくなければ無理に話さなくてもけっこうです〉

真梨子はキーを打った。

「黒猫が」

〈黒猫？〉

「はい。車に轢かれた黒い猫がマンホールの蓋のうえでぺちゃんこになって死んでいるのを見てしまったのです」

島崎がいった。

キーボードのうえに置いた真梨子の指が思わず凍りついた。

「家の前の通りでした。曲がり角を曲がったところだったので不意打ちを食らってしまったのです。一度視界に入ってしまうと、目が離せなくなってしまいじっと見てしまいました。見つめているうちになんともいえず不吉な気持ちになってきたので必死に目をつぶろうとしたのですが、うまくいかなくて。つぶってもつぶってもどうしても目が開いてしまうのです。なんだかどうしても見なければいけないような気がして……」

島崎がいった。

〈それで思わず立ち止まってしまったのですね〉

「ええ、その場に釘づけになって動けなくなってしまいました。ぺちゃんこになった猫からなんとか目を離そうとするのですが、首からうえが凝り固まったように動かなくなってしまい、どうしてもその猫から目を離すことができませんでした」

真梨子は、車に轢きつぶされた猫の死骸に自分自身も見つめられているような息苦しさを覚えた。

〈どれくらいの時間その猫を見ていたか思いだせますか〉

真梨子はキーを打った。

島崎は返事をしなかった。

短い沈黙があった。

真梨子はいったんキーを打つことを止め、島崎が自分の意志で話しだすのを待つことにした。

「不思議なことに猫の死体を見ているうちに、その猫のことをなんだか知っているような気がしてきたのです」

しばらくすると、島崎は唐突に押し黙ったときと同じようにふたたび唐突に話しはじめた。

「わたしは猫を飼った経験など一度もありません。それなのにどういう訳か目の前でぺちゃんこになって死んでいる猫が、子供のころに家で飼っていた猫のような気がしてきたのです。するとますます死んだ猫から目が離せなくなりました。ずっと見ているうちにその猫が死んだのは自分のせいであるような気がしてきました。どうしてそんなことを考えたのかわかりません。よく見ろ。おれが死んだのはお前のせいだという声が耳元に聞こえてきました。声はどんどん大きくなって、わたしは悲しい気持ちと申し訳ない気持ちとで胸がいっぱいになりました。とり返しがつかないことをしてしまった。一体どうしたら良いのだろう、と泣きだしたくなってしまって……」

〈そういう気持ちになるのは特別なことでも不自然なことでもありません。お話はよくわかりました。そこまでで十分です〉

真梨子はキーを打った。

しかし島崎は話しつづけた。記憶を再生しているうちに、そのときの感情までがよみがえってきて、押しとどめようがなくなってしまったかのようだった。

「そうしたら死んでいるはずの猫がいきなり顔を上げてこっちを見たのです。嘘じゃありません、本当なんです。ぺちゃんこになって紙みたいにぺらぺらになった顔をまるで折り紙みたいに折り曲げて、わたしをじっと見つめながらこういったのです。お前もおれといっしょに死んでしまえ。そうすれば楽になるぞ、と。目を逸らそうとするんですが、どうしても目を逸らすことができないんです。猫はぺらぺらなくせに真っ赤な目を爛々と輝かせて、おれといっしょに死ね。いっしょに死ぬんだ、とまくしたてて、どうしてもわたしを離そうとしないんです」

〈島崎さん、落ち着いて下さい。猫はもういません。あなたを非難する者はもうどこにもいないんです〉

真梨子は肌が粟立つ思いでキーを打った。

それでも島崎は淡々とつぶやきつづけるのを止めなかった。

「死ね。死んでしまえ。お前のような人間はどうせ生きていたって誰のためにもならない。いや、それどころかお前が生きているのは世界中に黴菌《ばいきん》をまき散らしているのも同然だ。お前に生きている価値などない。お前は生きているだけで害悪なのだ、と」

部屋の空気がただならない緊張で張りつめたような気がしたが、その気配に気づいたのか、一瞬われに返ったように島崎の視線がラップトップの画面に向けられたような気がした。

〈もう大丈夫です。あなたを脅かす者はもうどこにもいません。あなたは助かったのです〉

真梨子はキーを打った。

島崎が真梨子に顔を向けた。

「わたしは助かったのですか？」

真梨子の目を見ながら島崎がいった。

〈ええ、そうです。あなたは死の誘惑に屈せず、生きるほうを選んだのです。とても立派で勇気ある行動でした〉

真梨子はもう一度キーを打った。

医師と患者として意思の疎通はできているはずだと確信しながらも、声をだすことができない無力感に打ちひしがれそうだった。

「本当ですか」

〈ええ〉

「ありがとうございます。先生のおかげです」

島崎がいった。

〈いいえ、わたしはなにもしていません。あなたがあなた自身を強い意志の力で救ったのです〉

「わたしが？」

〈そうです。あなた自身が、です〉

笑おうとしたのだろうか、島崎の口元がほんの少しゆがんだように見え、真梨子は全身の力が一気に抜けた。

〈お腹は減っていないとおっしゃいましたよね。食べ物でなければコンビニでなにを買おうと思ってでかけたのですか？〉

死んだ猫のイメージから島崎を引き離そうとして、真梨子は話題を変えた。

「それは……。ええと、なんでしたっけ。ああ、そうだ。メモ用紙です。メモ用紙を買いにでかけたんです」

〈メモ用紙？　どうしてメモ用紙が必要だったのですか〉

真梨子は意外に思いながらキーを叩いた。

「なんといいますか、毎日毎日くだらないことばかり考えていて、いくら止めようと思っても止められないのです。くだらないことばかりで頭のなかがいっぱいになって爆発しそうになるんですよ。苦しくて仕方がありません。苦しいのですが、同時に馬鹿馬鹿しくて情けなくなるのです。自分はどうしてこんなくだらないことばかり考えるのか。どうして考えることを止められないのかとね。それでせめて書き留めておこうと思ったのです。いつになるかわかりませんが、何年かしてまた患者を診られるようになったときにひょっとしたら参考になるのではないかと、まあ妄想のようなことを思いつきまして……」

〈妄想だなんてとんでもない。立派な心がけだと思います〉

「いえ、そんな大げさなものじゃありませんよ。毎日毎日ひたすら情けない、自分はなんの価値もない人間なのだと思って過ごすのはいくらなんでも癪だと思っただけのことで……」

口調は相変わらず淡々としたものだったが、こわばっていた表情が少しだけやわらかくなっていた。

〈少しは落ち着きましたか〉

「はい。だいぶ落ち着きました」

〈これからどうされます？　なにか予定がありますか。予定がなければずっとここに

いらしてもかまわないのですよ〉

「お邪魔ではありませんか」

〈邪魔だなんて。これがわたしの仕事なのですから〉

「ありがとうございます」

島崎がいった。

「でも、家へ帰ろうと思います」

〈ご自宅には誰もいらっしゃらないのではないですか？〉

「タクシーのなかで家からでていった妻に電話をしたのです。妻にはけんもほろろに断られましたが、高校生の娘が二、三日わたしの家に来て面倒をみるといってくれました。いまごろはもう家に着いているはずです」

〈本当ですか〉

真梨子はキーを打った。

ラップトップの画面を見た島崎がスマホをごく自然な手つきでデスクの中央に押しやり、真梨子はそれをとりあげた。

送信履歴に、理恵子《りえこ》という名と電話番号が表示されていた。

島崎の家庭環境についてはネットで得た知識しかない真梨子にとっても思わぬ朗報

に思えた。

「娘にだけはまだ見捨てられていないのだと思うと、それだけで生きる意味があるのだと思えます」

〈おっしゃる通りです〉

真梨子は、そうキーを打ったところであることを思いついた。

〈ご自宅までどうやってお帰りになるつもりですか〉

「タクシーを拾うつもりですが……」

島崎が真梨子に答えた。

〈わたしが車でお送りしましょうか?〉

「先生がですか」

島崎が目を丸くした。

〈もちろん島崎さんに差し支えがなければの話ですが〉

「そんなご面倒をおかけしてよろしいのですか」

〈これも仕事のうちですから〉

真梨子はキーを打った。

自殺念慮を発症したばかりの患者をひとりで帰宅させることも心配だったが、島崎が生活している自宅も見ておきたかったたし、家族ともひと目会っておきたかった。

島崎はしばらくラップトップの画面を見つめていたが、やがて真梨子に顔を向けた。

「それではお言葉に甘えることにします」

〈よかった。では善は急げです。わたしの車は地下の駐車場に駐めてありますから、わたしの後についてきて下さい〉

島崎がうなずくのをたしかめてから真梨子はデスクのうえの二台のラップトップの電源を落として椅子から立ち上がり、ハンガーに掛けてあった上着を羽織った。

診察室をでるとドアに鍵をかけ、ふたりでエレベーターに乗った。

職員用の地下駐車場は出勤してきた医師や事務員の車でいつのまにか満杯の状態になっていた。

真梨子は広い駐車場を横切って自分の車が駐めてあるところまで歩き、リモコンでキーを解除しようとして思わず立ち止まった。

自分の車の横に見慣れない車が駐まっていたからだった。

それは黒のワンボックスカーで、いままで一度も見かけたことのない車だった。

真梨子は、誰の車なのかたしかめようとして視線を向けた。

「ああ、それはわたしの車です」

どこからか声がし、ふり返ろうとしたとたん湿ったガーゼで鼻と口とを押さえつけられた。

ガーゼは強いクロロホルム臭がした。

2

車の助手席で仮眠をとっていた平野《ひらの》は、運転席に座った神尾《かみお》に肘で胸を軽く小突かれ、目を開けた。

「女がでてきたぞ」

両手をハンドルのうえに載せて顔だけを前方に向けている神尾がいった。

平野は上半身を起こして神尾と同じように十メートルほど先のホテルに視線を向けた。

入口の前に一台の白いタクシーが停まっていて、ホテルのなかからでてきた女がその車に乗りこむところだった。

「あの女か？」

平野は眉をひそめた。

「背格好からして間違いない」

神尾が答えた。

平野と神尾は同い年で、『愛宕セキュリティー・コンサルタント』に引き抜かれたのも同じ年だった。

ふたりとも元警視庁の刑事で、平野は捜査二課、神尾は捜査四課でそれぞれ五年の勤務経験があった。

平野は神尾のことばがにわかには信じられず、自分の目でたしかめようとさらに上半身を伸ばしてフロントガラスに顔を近づけた。それというのも、ホテルからでてきた女は紺色のビジネススーツを着ており、前日のジーンズにライダースジャケットという身なりとは大違いだったからだ。

体のサイズにぴったり合ったしゃれたスーツを一分の隙もなく着こなし肩からバッグを提げて颯爽と歩く姿は、テレビのニュースキャスターかやり手の法廷弁護士のようだった。

平野はダッシュボードのうえに置いた小型の双眼鏡を目に当てた。

神尾のいった通り、女はやはり鵜飼縣に違いなかった。

「変装でもしているつもりか」

平野は思わずつぶやいた。

女がタクシーのなかに消え、ドアが閉まった。

「あれが変装だとしたら却って目立って仕方がない」

つねに冷静でものに動じることがない神尾が、感情のこもらない声で言い返した。

「あの女、本当に警察庁の人間なのか」

独り言にしては大きすぎる声で平野はいった。

「確認済みだ」

神尾がいった。

「あんなに若い女が、か」

前日も姿を見ていたにもかかわらず、平野には女が警察庁の人間だということがいまだに納得できなかった。

「おれは東京にいるときも警察庁の人間なんかに会ったことはないからな。あの組織にはどんな人間がいて、どんな仕事をしているのかさっぱり見当もつかん」

神尾がいった。

「よっぽどお勉強ができて学歴も高いんじゃないのか」

「それかおれたちが想像もつかないような特別な技能をもっているかのどちらかだ

な。両方かも知れんが」

神尾がいった。

平野は、まったく理解できないとばかりにかぶりを振った。

タクシーが発車した。

「誰かと会うつもりだな」

神尾がエンジンをかけた。

「暴走族のようなジャンパーを羽織ってどこにでもでかけて行くような女だぞ。あんな恰好で会わなければいけない人間というのは一体どんな人間なんだ」

「ついて行ってみればわかるさ」

神尾がアクセルを踏み、ふたりが乗った車は白いタクシーの後についてゆっくりと走りだした。

3

見知らぬ町を歩いていた。

雪が降っていて、通りも通りの両側の家の屋根も降り積もった雪で白くなっていた。

通りを歩いている人は誰もいなかった。どこまで歩いても人影は見えなかった。

無人の広い通りを渡りせまい路地を抜け曲がり角を何度も曲がった。

いつのまにか広場のような場所にでた。

そこは墓地だった。

墓地も一面真っ白に染まっていた。

暗い空から雪が降りつづいていた。

入口の門の両脇に石の像があった。

頭を垂れた石の像は、死者たちの喪に服しているように悲しげな顔をしていた。

低い墓石が無数にならんでいた。

大きな墓石はひとつもなく、背の低い小さな墓石ばかりだった。

あまりに低いので、どこにも影がなかった。

途方に暮れて辺りを見まわした。

一段と低い墓石の隣りにひとりの男が立っていた。

自分以外の人がいたことに驚き、胸を弾ませ夢中で駆け寄った。

男がゆっくりと顔を向けた。男の顔が見えたとたん驚愕で足が止まった。体が硬直し息ができなくなった。

男は鈴木一郎だった。

「先生、ぼくは夢を見るのですか」

鈴木一郎がこちらを見ていった。


目を覚ますと大きなベッドに横たわっていた。

真梨子は薄い寝具を払いのけ、上半身を起こした。

どこにいるのかわからなかった。

両手で体をまさぐり、暴力を受けた痕跡がないか無意識にたしかめていた。

傷の痛みや麻痺はなく、手足の動きがやや緩慢に感じられるだけだった。

身に着けているのは、自宅をでたときと同じブラウスとスカートだった。

部屋のなかにある照明はサイドテーブルに載った笠のついたランプのとぼしい明かりだけで、首をめぐらしても部屋のなかの様子をはっきりと見てとることはできなかった。

ベッドから降り、裸足でドアまで歩いた。

ドアノブに手をかけ力をこめて引いたが、ドアは開かなかった。

外から鍵がかかっているようで、何度押したり引いたりしても無駄だった。

ドアの脇にある照明のスイッチを入れると、天井の明かりが点いた。広い部屋だったが、ベッドと小さなサイドテーブルのほかにはなにひとつ家具は置かれていなかった。

真梨子は自分の身になにが起こったのか理解できず混乱した。病院の駐車場で何者かに麻酔薬を嗅がされて気絶したことまでは覚えていたが、その後なにがあったのかまったくわからなかった。自分の後ろを歩いていたはずの島崎がどうなったのか心配だった。

部屋の反対側にもうひとつドアがあった。

部屋を横切ってドアを開けた。そこはバスルームだった。

深くて広々としたバスタブがあり、ラックには洗剤の香りがする清潔なタオルがかかっていた。薬戸棚を開けてみると封も切られぬままの市販の頭痛薬や胃腸薬が几帳面にならんでいた。

身を守るものがなにか見つかるのではないかと戸棚の下の抽斗を一段ずつ引きだしてたしかめたがなにもなかった。

化粧品や美容用品の類はなんでも揃っていたが、剃刀やはさみなどの刃物はていねいに除かれていた。

もういちどバスルームに目をやった。

広々としたバスルームにはどこにも窓がなかった。

バスルームの隣りがトイレだった。

磨き上げられたトイレにもやはり窓はなかった。

4

出勤時間が過ぎ昼の休憩時間まではまだ少し間《ま》がある時間帯のせいか、通りはどこも空《す》いていた。

縣を乗せたタクシーは、一度も速度を落とすことなくオフィスビルが建ちならぶ市の中心部を走り抜けた。

信号に捕まることもなかった。

商店街のはずれで道路工事にでくわして車の流れが遅くなったが、それもほんの短時間のことですぐに渋滞は解消した。

車は順調に進んでいた。

しかし目的地ははるか先だった。

市街地を抜け郊外にさしかかっても車は停まらなかった。
質屋や安売りの雑貨店などがならぶ道幅のせまい通りを三十分も走りつづけている
うちに店舗は一軒も見えなくなり、やがて人家さえなくなった。通りを歩く人もひと
りも見えなくなった。
側道に入ると道は少し登り坂になった。
路肩の間近にまで深い森がせりだした細い道を車は走りつづけた。対向車など一台
もなかった。
その後下り坂になり、そこを下りきると道は平坦になった。同じ風景ばかりがつづ
くことにめまいを覚えはじめたころ、鬱蒼とした木立が途切れいきなり視界が開けた。
広々とした敷地の真ん中に古びた大きな屋敷が建っていた。
氷室邸だった。
「ここで良いわ」
灰色の壁に蔦がからまる本館と塔のように尖った屋根の翼棟の威容を車の窓から見
上げながら縣は運転手にいった。
運転手がブレーキを踏み、車が停まった。
「お戻りになるのをここでお待ちしてもかまいませんが、どうされます？」

若い運転手がサイドブレーキを引き、釣り銭とレシートを縣に渡しながらていねいな口調で尋ねた。

「それには及ばない。長くかかるかも知れないから」

縣は横に置いていたバッグを肩にかけ直して車を降りた。

タクシーが走り去り、縣はひとりきりになった。

やっぱりここで待っていてもらうんだった。一瞬後悔が襲ってきたが、もはや手遅れだった。

はじめてこの屋敷を訪れたのが一週間前だったのかそれとも十日前だったのか記憶も曖昧になっていたが、そのときは車寄せには回転灯を閃かせた警察車輛が何台も停まり、私服の刑事や制服姿の警官たちがせわしなく走りまわっていた。

いまは見張りの巡査すらひとりも見当たらなかった。

縣は砂利道を進み、玄関前の低いステップを上がった。

扉には立入禁止と印刷された黄色いテープが張ってあったがかまわず手で引きちぎった。

扉には鍵はかかっておらず、軽くひと押ししただけで簡単に開いた。

建物のなかは薄暗かったが、手探りをしないと一歩も歩けないというほどではなかった。

縣はまっすぐ玄関ホールの奥へと向かった。

ホールの端にあるドアを開けて小部屋のなかに入ると、ためらうことなく床に膝をついて潜水艦のハッチのようなハンドルをまわして丸い鉄の蓋を開けた。

地下から立ちのぼってくる黴臭い臭気をものともせずに錆びついた螺旋階段を下った。

階段は幅がせまく傾斜も急だったが、縣は一度も足を止めることなく最後の段まで降り切った。

煉瓦敷きの地面に足が着くと、肩に提げたバッグのなかから用意していた大型のフラッシュライトをとりだしスイッチを入れた。

フラッシュライトが地下道を照らしだした。縣はあらためて緊張を覚え、思わず体が顫《ふる》えた。

これからやろうとしていることが本当に正しいのかどうか百パーセントの確信がある訳ではなかった。

正直にいえば百パーセントどころかその半分の確信もない。

わかっているのは、自分がやらなければならないということだけだった。

心細くて仕方がなかったが、誰にも助けを求める訳にはいかなかった。

縣は大きく深呼吸をひとつすると、闇に包まれた地下道の奥に向かって一歩を踏みだした。

地下道の天井は十分な高さがあってまっすぐ立って歩くことができたが、天井から滴る水のせいでできた水溜まりがあちこちにあり、足元に注意を払いながら進む必要があった。

蜘蛛の巣が張った天井からぶら下がっている非常灯も埃をかぶったボイラーも、はじめて訪れた日からなにひとつ変わっていなかった。

古錆びた蒸気管や床を這うパイプがフラッシュライトの光りに照らしだされて不気味に光った。

縣の足音はごくかすかで、穴倉のような空間のなかで反響するようなことはなかった。

スーツは着ていたが、ハイヒールではなくスニーカーを履いていたのだ。成り行きによっては、全速力で走ったり地面を這いまわるはめに陥らないともかぎらないと考えたからだった。

空気は冷え切っていた。物音は一切聞こえなかった。聞こえるのは自分の息づかいだけだった。

二十メートルほど歩くと鉄製のドアに突き当たった。

賢一郎がつくった隠し部屋の入口だった。

縣はドアを開け、部屋のなかに入った。

フラッシュライトのスイッチを切り、ドア口の部屋の照明のスイッチを入れた。

天井のシャンデリアが灯り、地下につくられた部屋が浮かび上がった。

豪華な室内の様子もまったく変わっていなかった。

床にはペルシア絨毯が敷かれ、部屋の真ん中にビリヤード台が置かれていた。

大きなソファも机も元のままだった。

初音署の蓮見と栗橋に案内されて部屋に入ったときに目にした光景が鮮明によみがえってきた。

室内には三人の死体があった。

ひとり目はビリヤード台の下、ふたり目は壁際に置かれたソファの脚元に倒れており、三人目の氷室賢一郎は書斎として仕切られた空間の大きなデスクと壁のあいだに置かれた椅子に縛りつけられた恰好のまま事切れていた。

氷室賢一郎はスーツにネクタイ姿だったが、ほかのふたりはひとりがスウェットの上下、もうひとりがTシャツに薄手のジャケットという軽装だった。

はじめて見たとき真っ先に違和感を覚えたのは、三人の服装が異様なくらいちぐはぐなことだった。

さらに軽装のふたりは見るからに頑丈そうな大柄の男だったので、一体なにを生業《なりわい》にしている人間なのか職業はなんなのかが気になった。

つぎに考えたのが屋敷の主人である賢一郎とふたりの大男の関係だった。この男たちは賢一郎の仕事仲間なのだろうかそれとも単なる遊び友達なのだろうか、と。

出で立ちからして財閥の当主である賢一郎と仕事上のつきあいがあるビジネスマンとはとても思えなかったし、短く刈りあげた髪や獰猛そうな顔つきからビリヤードやカードの相手を頼まれただけのただの遊び友達にも思えなかった。

一度部屋を出て戻ったときには三人の死体のほかに部屋にはもうひとりの男がいた。

茶屋という県警本部の警部だった。

最初に目にしたのは床にかがみこんだ大きな背中で、茶屋は床に膝をついて拷問された賢一郎の足の爪先を入念に調べているところだった。しばらくして立ち上がった茶屋は、賢一郎の蒼ざめた顔を問いかけるような表情で長いあいだ見つめていた。

人の気配に気づいてふり返ったとき、茶屋の顔に浮かんだ驚愕と同時に呆《ほう》けたような表情を思いだして、縣は思わず口元をほころばせた。

茶屋は聞きしに勝る大男だった。床に倒れて絶命しているふたりの男も見劣りするくらいの体格だった。

はじめのうちはどうせ独活《うど》の大木だろうと高をくくっていたが、すぐに見かけとは違い鋭敏な頭脳の持ち主であることがわかった。初対面の、それも素性もまだわかっていない人間の飛躍だらけの推理になんなくついてきたばかりか、論理に少しでも矛盾があれば容赦なく質問攻めにしてきた。

茶屋は過去に氷室邸を訪れたことがあるといった。そのときには地下の隠し部屋など知らなかったといった。

それを聞いて、賢一郎が地下に部屋をつくったのは最近だろうと思った。

そもそも愛宕市までやってきた理由は賢一郎と同じように拷問を加えられて殺された三人の被害者をネット上で発見したからであり、事件が起こったのはごく最近だった。

それでは、賢一郎はなんのために地下に新しく部屋などをつくったのか。

三人の人間が殺されたことを知った彼は自分にも危険が迫りつつあることを悟り、屋敷の地下に部屋をつくってそこに身を隠そうとしたのではないか。

当り前のようにそう考えた。

しかも、そう考えればふたりの大男の役割がおのずと明らかになるのだ。ふたりは賢一郎が身を守るために雇ったボディーガードに違いないと。

のみこみが速い茶屋を相手にしているうちに、単なる思いつきに過ぎなかった仮説がいつのまにか疑いのない事実に変わってしまったような気がする。

いま思えばそれが躓《つまず》きの石だった。

ふりだしから推理の前提が間違っていたのだ。

あのときは、自分が四番目の被害者になるのではないかと恐れた賢一郎が隠し部屋をつくり屈強なボディーガードふたりとともに閉じこもったという仮説にはどこにも穴がないように思えた。

しかし、財閥の当主が殺人者から逃れるために屋敷の地下に隠し部屋をつくりそこに閉じこもるなどという筋書きはいささか芝居じみていやしないだろうか。

まして賢一郎は十代や二十代の青二才などではなく、分別盛りの大人だったはずだ。

いったん頭を冷やして考えてみれば、不自然な点がいくつもあることがわかる。

どうしてボディーガードがたったふたりきりで、十人でも百人でもなかったのか。

どうして地下にわざわざ隠し部屋を、それも急ごしらえでつくる必要があったのか。堺夫妻の話では屋敷に地下道があることは周知の事実だったということだし、氷室家の財力をもってすればどこでもお望みの超高層ビルの最上階に鋼鉄製のパニックルームをいくつでもつくれたはずだ、というのに。

縣は部屋のなかに入った。

室内のあらゆる方向を見まわしながら、書斎として区切られた空間まで歩いた。

脚に彫刻がほどこされた大きなデスクの前で足を止めた。

重厚な造りのデスクのうえにはクロームメッキの灰皿と木箱の葉巻入れが載っていた。賢一郎は葉巻党だったのだ。

デスクの背後の壁際には大判の書物が隙間なく詰まった書架があった。

ロープで椅子に縛りつけられ、拷問されて殺された賢一郎の姿が一瞬浮かんできた。

しかし死体は運びだされていまはないし、洗浄された絨毯には血の臭いもしない。

あらためて見まわしてみると、まるではじめて見る部屋のようだった。

部屋全体が書き割りじみて見えた。

脚に彫刻がほどこされた重厚なデスクも書架も木箱の葉巻入れも、ひとつひとつが観客に見せるために用意され、そこに周到に配置された小道具のようだった。

縣は書斎の反対側にしつらえられたバーカウンターのほうに目を向けた。

酒を嗜《たしな》まないはずの賢一郎はなぜ隠し部屋にバーなどをつくったのだろうか。金で雇ったボディーガードたちに酒をふるまうためか。まさかそんなはずはあるまい。

縣は書斎からバーカウンターのほうへ足を向けた。

カウンターの前に立ち、百本以上の酒瓶がならべられた壁際の棚を見渡した。

賢一郎は剛胆な性格で、なにかに怯えて逃げ隠れするような人ではないと堺夫妻は口をそろえていっていた。まして自分の身を守るためにボディーガードなどという身分の人間を雇うことはとても考えられないと。

しかし賢一郎が屋敷の地下に隠し部屋をつくり、ボディーガードを雇ったのは否定しようのない事実なのだ。

このことをどう考えるべきなのか。

どれだけ頭をひねろうと結論はたったひとつしかないように思える。

賢一郎は殺人者から身を守るためにこの部屋をつくったのではない。

この部屋をつくったのにはなにか別の目的があったのだと。

縣はカウンターのなかに入った。

あらためて棚にならべられた酒瓶を端から端まで見渡した。

壁に埋めこまれた棚は上下四段になっていて、一番下の棚は縣の腰の高さにあった。試しに手をのばしてみると、背の高い縣はいちばんうえの棚に載っている酒瓶にもらくらく手を届かせることができた。

縣はひとしきり棚を見渡してからフラッシュライトと肩にかけたバッグをカウンターのうえに置いた。

両手が自由になると棚の左端に歩を進め、棚と壁のあいだにほんのわずかでも隙間が開いていないか、小さな突起物や凸凹がないか下から上に向かって入念にたしかめた。

なにもないことがわかると反対側にまわって同じことをした。

どちら側にもなにもなかった。

縣はカウンターの中央に戻り、細心の注意を払って美しく陳列された百数十本の酒瓶の列を眺めながら深呼吸をひとつした。どれほど体力と時間が必要だろうと、やるべきことはやらなければならない。

縣は腹を決めると酒瓶を一本一本下ろしはじめた。

棚のいちばん端に載っていた酒瓶を下ろし、カウンターのうえに置いた。

二本目三本目、四本目と作業はすばやく間《ま》を置くことなくつづけられ、一段目が空っぽになった。

大した時間はかからなかった。

縣は空になった棚により体を近づけ、酒瓶をとりのぞいた背後の空間になにかが隠されていないか注意深く見つめた。背後だけでなく酒瓶が置かれていた下にも凸凹やとっかかりのようなものがないか、表面を左端から右端まで撫でたりさすったりして調べた。

なにも見つからなかった。

なにもないことがわかるとカウンターのうえにならべた酒瓶をふたたび一本ずつ棚に戻し、迷うことなく二段目にとりかかった。

二段目にも三段目の棚にもなにもなかった。

ではいよいよここか、と思ってはじめた四段目も同じだった。

カウンターのうえにならべた酒瓶を一本ずつ棚のいちばんうえに戻し終えたとき、さすがに徒労感を覚えずにはいられなかった。

やはりここは賢一郎が自分の命を守るためにつくった隠し部屋であってそれ以上の意味はなかったのか。

自分の身を守るためではなく、それとは別の目的があったはずだという考えは的外れな推理に過ぎなかったのだろうか。

もちろん、はじめから酒瓶をならべた棚のどこかに隠しスイッチや隠しボタンの類があるに違いないなどという確信があった訳ではなかったが、ひょっとしたらあるのではないかと心のどこかで期待していたこともたしかで、そんなものはどこにもなかったとわかったいまとなっては、これからどうしたら良いのか途方に暮れる思いだった。

部屋のなかをもう一度見まわした。

なにか見落としているものはないかと何度も見まわしたが、なにも見つからなかった。

縣は体から力が抜けてバーカウンターに寄りかかった。

そもそもこの部屋は殺人現場なのだ。なにかあったとしたら、警察の鑑識がとうの昔に見つけているはずではないか。

その事実を思い返すとため息がでた。

しかしまあ良い。早とちりなどいつものことだし、今回は誰に迷惑をかけた訳でもないのだから。

気をとり直して顔を上げると、書斎として仕切られた空間に置かれた大きな机と椅子の背後の書架が目に入った。

あらためて見るとなんとも大きな書架だった。

書架の高さは天井にまで届いていた。

書棚を下から上まで見上げていると、バーの酒棚を一段ずつ隈なく調べておいて書斎の書架を調べないなどということがあるだろうか、という考えが頭をよぎった。

縣はその思いつきが頭の隅に浮かんだとたん、あわてて打ち消した。

まさか、そんなことがひとりでできる訳がなかった。バーの棚にならんだ酒瓶を一本ずつ下ろすのと、書棚の一段一段にぎっしりと詰めこまれた書物を一冊ずつ抜きとって床に下ろすのとはまったく別の話だ。

酒瓶と違って本は重いし、まして何百冊あるか知れないのだ。

そんなことをしていたら日が暮れてしまう。いや、時間などどれだけかかってもかまわないとしてもはたして体力がもつかどうかわからない。

そうではないか。

バーのカウンターに寄りかかってしばらく書架を眺めていた縣は、やがて小さくかぶりを振った。

自分の考えが正しいのかそれとも単なる早とちりに過ぎないのかをたしかめるにはほかに方法がなかった。

縣は部屋の反対側の書斎に歩み寄ると腰を落として床に膝をつき、下段の書棚に詰まった書物のいちばん端の一冊を抜きとった。

本は大きくて重く、書棚から抜きとって傍らの床に置くという動作をくり返すだけでも骨が折れる作業だったが、縣は無言で作業をくり返した。

書棚から一冊、二冊と本が抜きとられるにつれ、縣の横に本の山が積み上げられていった。

書棚の一段目は思いの外《ほか》簡単に空になった。拍子抜けするほどだった。

縣は勢いづく思いで空になった書棚のなかを隅から隅まで探った。

部屋のなかに誰もいないことを幸い、腹ばいになったかと思うと床に背中を着けて書棚のなかをのぞきこむといった具合だった。

端から端まで見てもなにも見つからなかったので、立ち上がってカウンターに置いたフラッシュライトをとり、それを手にしてもう一度同じところを調べ直した。

やはりなにも見つからなかった。

しかし落胆はしなかった。書棚はまだ一段目だった。

縣は休むことなく、二段目の書物に手をかけた。抜きとった本は書棚には戻さず、傍らの床に山積みのままにした。本は酒瓶と違って大きくしかも重いので、引き抜いては元に戻す作業を何度もくり返しているとそれだけで体力を消耗してしまうと考えたからだった。

二段目の書棚に詰めこまれていた本が一冊残らず、床のうえに山のように積み上がった。十分とかからなかった。

しかしさすがに体にはこたえ、空になった書棚を調べることができるようになるまでには二、三分呼吸を整える必要があった。

二段目の書棚にも仕掛けのようなものはなにも見つからなかった。

縣は間《ま》を置かず三段目の本の最初の一冊を抜きとった。

下段の三段目までは縣の腰より低い位置にあったので、縣は床に膝をつき両手を使って顔の高さよりうえにある本を抜きとっては自分の横に積んでいった。三段目の本を一冊残らず抜きとるころには両手が顫えて力が入らず、空になった書棚を調べるには両手の顫えがおさまるまで待たなければならなかった。

フラッシュライトを手にして三段目の書棚を端から端まで丹念に探ったが、塵ひとつ見つからなかった。

四段目も五段目も同じだった。

五段目の書棚を調べ終わったあと、汗をかいていることに気づいて縣はジャケットを脱ぎ床のうえに放った。床のうえには積み上げられた本の山がいくつもできていた。

六段目よりうえの書棚は縣の背丈より高い位置にあったので、本を抜きとるためには縣はなにかのうえに乗らなければならなかった。

縣は躊躇なく机のうえに乗り、仁王立ちした。

一冊目を抜きとって足元に置くと二冊目を抜きとり、最初に置いた本の上に積んだ。机のうえに本の山をいくつ積み上げることができるかわからなかったが、机は十分に広いので、上段の書棚から抜きとった本が載せられなくなることはないだろうと思えた。

六段目の書棚が空になり、なかを慎重に調べたがなにもなかった。

縣は肩で息をついた。

見上げると、書棚はうえにまだ四段あった。

あとは体力がどこまでつづくかだけの問題だった。

縣は七段目に手を伸ばした。

また同様に一冊抜きとっては足元の空いている場所に置き、二冊目をそのうえに積んでいった。

なにも考えないようにしながら三冊目、四冊目、五冊目と同じ動作をくり返していると一体なんのために大きな書物を書棚から一冊ずつ抜きとってはそれを机のうえに積み上げているのかわからなくなってきそうだったが、それでもひたすら手足を動かすことだけに専念した。

窓のない地下室には外の陽光が射しこまず、屋敷に入ってから何時間経ったのかもわからなくなっていた。

書棚から抜きとられた本がつぎからつぎへと机のうえに平積みに置かれ、四、五十センチほどの高さの本の山がたちまちひとつふたつ、みっつと堆《うずたか》く積み上げられていった。

七段目の書棚の左端の最後の本を抜きとり、机のうえに下ろそうとしたときだった。

足元はすでに本の山でいっぱいになり、空き場所がどこにもなくなっていた。

縣は両手に本を抱えたまま足元に隙間をつくろうと、本の山のひとつをスニーカーの爪先で横に移動させようとした。

ところが本の山は動かなかった。

二度三度と爪先で押してもまったく動く気配がないので不審に思って腰をかがめて見てみると、山のいちばん下になっている本の角が葉巻入れの木箱に引っかかっているのだった。

縣は本のほうではなく、つかえている葉巻入れを爪先でつついた。葉巻入れをどければ、そこに大きな空き場所をつくることができるはずだった。

すると予想外のことが起こった。

葉巻入れが横にずれる代わりに、時計回りに三十度ほど回転したのだ。

縣は両手に本を抱えたまま思わず動きを止めた。

顔を近づけてたしかめたが、木箱はたしかに先ほどとは角度を少しだけ変えていた。

縣は抱えていた本を投げだすと机のうえに四つん這いになり、葉巻入れをつかんで押してみた。葉巻入れは動かなかった。

引いてみても同じだった。

葉巻入れはどうやら机のうえに「置かれ」ているのではなく、釘づけにされているようだった。

縣は腰を伸ばし机のうえに膝立ちになって葉巻入れを上から見下ろした。

蓋を開けてみると、木箱のなかにはたしかに高価そうな葉巻が何本も詰まってはいたが、ほかに変わったところはなにもなかった。

もう一度押したり引いたりしてみたが、葉巻入れは縦方向にも横方向にも動かなかった。

縣は葉巻入れをわしづかみにして時計回りにまわしてみた。

木箱はなめらかに動き、さらに時計回りに三十度ほどまわって止まった。

部屋のどこからか小さな音が聞こえた。

音が聞こえたのはほんの一瞬でなんの音なのかわからなかったが、ドアが静かに開閉するときのかすかな音に似ていたような気がした。

縣は息を飲み、部屋のなかを見まわした。

入口から壁際に置かれたソファ、シャンデリアが吊り下がった天井から絨毯が敷かれた床まで、先ほどまでと変わっているところはどこにもなかった。なにひとつ動いた形跡があるようには見えなかった。

書架に目を戻した。空になった書棚の最上段の左端から右端へ、つぎはその下段の右端から左端へと視線をゆっくりと走らせた。

三段目も四段目も目を凝らして端から端まで調べた。

書架にはどこにも変化はなかった。

机から降りて部屋を横切り、入口から部屋の奥のほうを見渡してみた。

それでも変わったところがないことがわかると、部屋の中央に立って同じことをしてたしかめた。しかし、やはり変わったところがあるようには見えなかった。

書斎の仕切りまで戻り、どこかに見落とした場所があるのではないかともう一度念入りに見まわしたが、なにも発見することはできなかった。

縣は肩を落とした。

音が聞こえたと思ったのは単なる錯覚だったのだろうか。

いや、そんなことはない。

縣は目を閉じた。

目を閉じて、確信が戻ってくるのを待った。

探しているものはかならずここにある。

この部屋は賢一郎が身を隠すためにつくった部屋ではなく、別の目的でつくった部屋だ。

賢一郎はなぜ親しい者なら誰でも知っているような地下にわざわざ部屋をつくったのか。誰でも気づくような場所に、仰々しく芝居がかった部屋を。

それはまるで身を隠すというよりむしろこれみよがしで、みずから進んで身をさらすような馬鹿げたふるまいではないのか。

賢一郎はなんのためにそんなことをしたのか。考えられることはひとつしかない。賢一郎はこの部屋を見つけさせたかったのだ。

しかし、それは一体なんのためなのか。

縣は目を閉じたまま待った。

息を深く吸いこんで吐くと呼吸がゆるやかになり、思考が研ぎすまされたように明晰になった。

賢一郎がこの部屋をつくったのは、地下にある別のなにかから目を逸らさせるためだ。この部屋はそのためのカムフラージュなのだ。

隠されたものは間違いなくこの地下に存在する。

縣は目を開け、目の前にあった本の山をひと押しした。

床に平積みにされた本の山は、机のうえのそれとは違いそれぞれ高さが一メートル近くあった。本の山の上半分が崩れて床に散らばった。

縣はふたつ目の山を崩し、みっつ目の本の山を崩し、つぎつぎと本の山を崩していった。

床に積み上げられた本の山の上半分を崩し終わると、文字通り散乱した書物で足の踏み場もなくなった床に膝をついて残った下半分の本の山を一冊ずつ床に落としはじめた。

四つん這いの姿勢で根気よく本の山をひとつずつ突き崩していき、書架のいちばん左の端の床にあった本の山を平らにし、つぎにその隣りの山も同じように平らにしたときだった。

それまで本の山に隠れていた書架の最下段とそのうえの書棚の一角が露わになった。

そこに下から上に向かって延びる細く黒い筋があった。

高さ五、六十センチほどの直線の筋だった。

縣は四つん這いのままにじり寄り、左手を伸ばして筋の真ん中あたりの高さに手をかけた。

それはたしかに空間にできた隙間だった。

縣は隙間に指をこじ入れ、ゆっくりと手前に引いた。

扉が開いた。

高さ五、六十センチ、幅は八十センチほどの小さな扉だった。

縣は上半身だけを入れてなかをのぞいた。

隠し戸の向こう側は真っ暗で、その先になにがあるのかまったくわからなかった。

なにか物音が聞こえてこないかと耳を澄ましてみたが、なにも聞こえなかった。

縣は立ち上がって先ほどバーカウンターのうえに置いたフラッシュライトをとりあげて戻ると、腰をかがめて隠し戸をくぐった。

5

部屋のドアの鍵が開けられたような音がして、真梨子は腰かけていたベッドの端からはじかれたように立ち上がった。

誰かが部屋のなかに押し入ってくるのではないかと身を固くしてドアを見つめた。

しかし、いつまで経ってもドアが開く様子はなかった。

真梨子は足音を立てないよう注意深くドアに歩み寄った。

ドアの向こう側に人の気配がしないかどうか聞き耳を立てた。

扉の向こう側に人のいる気配はなかった。

この家のなかには真梨子以外の何者かがいることはたしかであり、その何者かは真梨子を拉致して監禁した人間である可能性が高かった。

ドアを開けて部屋からでれば、その人間と鉢合わせすることになるかも知れない。

そう考えただけでノブにかけた手が細かく顫えた。

真梨子は意を決してノブを手前に引いた。

ドアは抵抗なく開いた。

広々としたリビングルームがあった。

テーブルがありソファがあり、その向こう側に全面強化ガラスの壁があった。

壁一面がガラス張りの窓になっているのだった。

天候の良い日には広いリビングルームいっぱいに陽射しがあふれるに違いなかったが、外は曇り空のうえに濃い霧に覆われていた。

目を転じると、リビングルームの隅にはバーカウンターまでが備えつけられていた。

照明は点いていたが、人の姿はなかった。

部屋は無人だった。

真梨子は入口に立ちつくしたまま、目の前の光景を信じられない思いで見つめた。

どうやらここは個人の住居であり、それも高層マンションの一室らしかった。

リビングルーム一室だけでこれだけの広さがあるということはおそらくビルのワンフロアすべてを占有しているのだろう。

真梨子は左右に目を配りながら用心深く足を前に踏みだした。

とにかく出口を捜すことが先決だったが、室内で方向感覚を失ってしまうのではないかと心配になるほど部屋は広かった。

右に行くべきか左に行くべきか迷った末に部屋の中央まで足早に歩き、ソファの前のテーブルのうえにすばやく視線を走らせた。

ひょっとして携帯電話かパソコンの類が置かれていやしないだろうかと思ったのだ。

だがテーブルのうえには携帯電話もパソコンもなかった。

落胆したがすぐに気をとり直して、今度は迷わずバーカウンターに向かった。

バーカウンターがあるならば、そこにはナイフのような調理器具があるはずだった。

この部屋にかならずひそんでいるであろう何者かと相対《あいたい》したときのために、護身に使えそうな道具をどんなものでも良いからもっておきたかった。

カウンターの奥でアイスピックを見つけたので、ためらいなくそれをとりあげた。

バーカウンターのさらに奥に大型の冷蔵庫などが置かれたダイニングがあった。

そちらに出口がないかと奥へと進んだが、突き当たりは壁でドアはなかった。

真梨子は肩を落として後戻りをした。

バーカウンターをでたところで一度立ち止まり、耳を澄ました。

どこからも物音は聞こえず、人の気配も感じられなかった。

カウンターを離れて窓に歩み寄り、自分がいる場所の見当がつくような建物か景色が見えないかガラスに顔を近づけて外を眺め下ろしたが、濃い霧が渦巻いているだけでなにも見えなかった。

目の前が真っ暗になり、その場に膝から崩れ落ちそうになったがあやうくこらえた。

かぶりを振ってあらためて四方を見まわすと、部屋の右側の奥に先ほどまで見落としていたドアがあるのが見えた。

思わず早足になって部屋を横切り、ドアノブに手をかけた。

外へでることができるドアなのか、あるいは別の部屋に通じているだけのドアなのかもわからないうえに、ドアを開けたとたん真梨子を部屋に監禁した張本人とでくわすことになるかも知れなかった。

真梨子はドアノブに手をかけたまま、もう片方の手で油断なくアイスピックを握りしめた。

ドアを開けた。

部屋のなかは薄暗く、なんの部屋なのかわかるまでしばらく時間がかかった。

最初に目に入ってきたのは入口から部屋の奥に向かって置かれた長いテーブルだった。

テーブルの両脇には背もたれの高い椅子が片方に三脚ずつ、全部で六脚も据えられていた。

テーブルのうえには燭台がひとつだけ置かれ、ロウソクの炎が灯されていた。

部屋のなかの明かりはそれだけだった。

まるで晩餐の食卓がしつらえられているかのように、真っ白なテーブルクロスのうえには銀やクリスタルの食器がならべられていた。

どうやら食堂らしいことはわかったが、個人の住宅の一室にこれほど大きな食堂があることが信じられず、真梨子は自分の目を疑った。

暗闇に目が慣れてくるにつれ、椅子は六脚だけではなくテーブルのいちばん奥にもう一脚、壁に背を向け入口に立っている真梨子と向かい合う形で置かれているのがわかった。

ロウソクの炎がかすかに揺らめいた瞬間、その椅子に人間が座っているように見えたので真梨子は身をこわばらせた。

踵《きびす》を返してその場から離れようとしたができなかった。

真梨子はアイスピックを固く握りしめ、人間が座っているように見えたのは単なる錯覚であったのかどうかたしかめようと目を凝らした。

椅子には黒い影がたしかに座っているように見えた。

明らかに人間だった。

しかしその人間は首を前にかしげた姿勢のまま少しも動かず、呼吸をしているようにも見えなかった。

心臓が鼓動を打った。

真梨子はその黒い影から目を離すことができなかった。

ためらいはほんの一瞬だけだった。

真梨子は部屋のなかに足を踏み入れ、部屋の奥へと長いテーブルに沿って歩きだした。

一歩、また一歩とテーブルの端に近づくにつれて椅子に座っている人間の、不自然に前に傾《かし》いだまま動かない顔がぼんやりと浮かび上がってきた。

真梨子は足を止め、テーブルのうえの燭台をつかんだ。

いったん目を閉じ、深呼吸をした。

ゆっくりと目を開け、ロウソクの炎を顔に近づけた。

小さな明かりが照らしだしたのは耳から顎にかけての横顔の一部だけだったが、それでも人相を判別するには十分だった。

椅子に座っていたのは島崎昇平だった。

心臓が喉までせり上がってきて、にわかに呼吸が切迫した。

真梨子は落ち着くよう自分を叱りつけ、燭台をテーブルのうえに戻すと右手の人差し指と中指の内側を島崎の傾いだ顔の鼻先に注意深く差しだした。

予期していた通り、島崎は呼吸をしていなかった。

そこまでするのが精一杯だった。

医師であるからには、島崎を死に至らしめた原因はなにか、致命傷になった傷が体のどこかにないかなどを確認すべきだということはわかっていた。

だが体がいうことをきかなかった。

念のために首筋に指を当てて脈をたしかめる勇気すらでず、一刻も早くこの部屋から逃げださなければとそれしか考えることができなかった。

真梨子は一、二歩後ずさりしてから体を反転させ一目散に部屋の入口に向かって駆けだした。

入口までたどり着いたところでドアが立ちふさがった。

閉めた覚えのないドアがいつのまにか閉じられていたのだ。

真梨子は夢中でドアノブにとりつき乱暴に引いた。

押しても引いてもドアは頑として開こうとしなかった。

いくらドアノブと格闘しても無駄だとわかると、怪我をするのを覚悟でドアに体当たりさえした。

それでもドアは開かなかった。

絶望に息をあえがせたとき、首筋に人の息が吹きかけられたような気がして真梨子は飛び上がった。

ふり向くと目の前に人間が立っていた。

島崎昇平だった。

死んでいたはずの島崎昇平が二本の脚で立ち、こちらを見つめているのだった。しかもその口元には微笑が浮かんでいた。

真梨子は自分ではまったく気づかぬうちに声にならない悲鳴を上げていた。

6

「いくらなんでも長すぎる」

屋敷に向けていた双眼鏡を下ろして平野がいった。

神尾は腕時計を見た。

平野と比べれば気の長いほうだといえる神尾だったが、平野のことばに内心同感せざるを得なかった。

神尾たちは鵜飼縣が警察の立入禁止のテープを引きちぎって屋敷のなかに入ったことまでは確認していたが、縣のあとを追って屋敷のなかに入るのは危険だと判断して辛抱強く車中に留まりつづけていた。

夕暮れがしだいに濃くなり、辺りは暗くなりかかっていた。

「一体なかでなにをしているんだ」

平野がうんざりしたようにいった。

「なにかを捜しているのかも知れないな」

神尾がいった。

「捜しているって、なにを捜しているんだ」

助手席に座った平野が運転席の神尾にふり向き、嚙みつくようにいった。

「そんなことはわからん」

神尾はいった。

「誰かと会っているのかも知れんぞ」

平野がいった。

「屋敷のなかには誰もいないはずだ」

神尾はいった。

「そんなことわかるもんか。これだけ大きな屋敷なんだ、入口なんかいくらでもあるはずじゃないか。おれたちが気がつかないうちに誰かが入りこんだってこともありうる」

神尾は返事をしなかったが、平野がいったような可能性があるかどうか考えた。

可能性がまったくないとはいえないと思った。

「なかに入ってたしかめよう」

平野がいった。

反対する理由はなかったし、車のシートに座りつづけていた尻の痺れも限界がせまっていた。

「よし、行こう」

神尾はいった。

ふたりは車を降りると、氷室邸の門をくぐった。

静寂に覆われた広い敷地に砂利道を踏むふたりの靴音だけが響いた。

玄関の低いステップを上がると扉は半開きのままで、ちぎられた黄色いテープが垂れ下がっていた。

神尾が平野と顔を見合わせ、屋敷のなかに踏みこもうとした瞬間だった。

何者かに後ろから上着の襟首をつかまれ、ステップの上に引き倒された。

神尾は尻もちをつきながら、驚愕で口を半開きにした平野が黒い影に殴りつけられるのを見た。平野は拳の一撃で上半身をのけぞらせ、堅い木の扉に後頭部を打ちつけて崩れ落ちた。

立ち上がろうとした神尾は足払いをかけられ、体勢を崩したところを背後から抱きすくめられ、恐ろしく強い力で首を締めつけられた。

いくらもがいても首を締めつけている両腕から体を引き抜くことができなかった。

目の前が暗くなり、神尾は気を失った。

7

入口は小さかったが、くぐってみると腰を伸ばしてまっすぐ立つことができた。

縣はフラッシュライトを掲げて細長いトンネルの行く手に向けた。

特大のフラッシュライトの強力な光りといえども数メートル先を照らすのが関の山で、漆黒の闇の向こうになにがあるのか見通すことはできなかった。

左右の壁はコンクリートで補強がしてあったが、表面が黒く煤けるように風化しているばかりかところどころ剝落している箇所もあり、トンネルが掘られた時代の古さを物語っていた。

縣は暗闇に向かって歩きだした。

コンクリートの冷たい壁に片手を当て、すり減って滑りやすくなっている煉瓦の感触をスニーカーの靴底で探りながら歩いた。

なにも聞こえず、なにも見えなかった。

あまりにも真っ暗なせいで、すぐ先で怪物めいたなにかがうごめいているように思えて気が気ではなかった。

十五メートルか二十メートルほど進んだところに下にくだるセメントの階段があった。

数えてみるとわずか五段だけの短い階段だったが、それでもトンネルのなかに階段がつくられていることに縣は驚いた。

階段を降りるとやはりセメントの踊り場があり、突き当たりの壁に沿って直角に折れ曲がるようにさらに五段の階段があった。

階段を降りると方向感覚が完全に失われてしまい、縣は自分が北に向かっているのか南に向かっているのかまったくわからなくなってしまった。

トンネルはまだその先に延びていた。

暗闇のなかを歩きはじめてまだ数分と経っていないにもかかわらず、トンネルは果てしなくつづいているように思えてきた。

どれだけ長かろうと果てしなくつづいている訳などない。かならずどこかに突き当たるはずだ。頭ではそうわかっていても、このまま闇雲に進んでいたら二度と地上に戻れなくなるのではないかという不安が襲ってくるのをどうすることもできなかった。

しかし、なにも見つけないうちにもと来た道をすごすごと引き返す訳にはいかなかった。縣は強引に弱気をふり払ってふたたび歩きはじめた。

不安は予想外の形で裏切られた。

十メートルも進まないうちにトンネルが行き止まりになったのだ。

縣は啞然として立ち止まった。

フラッシュライトの光りが照らしだしたものが信じられなかった。

目の前にあったのは穴蔵のなかのワインセラーだった。

穴蔵は奥行きが二メートルほどの岩盤の大きな窪みで、人が掘ったものではなく自然にできた浅い穴だった。

岩肌が剝きだしになった石室《いしむろ》の空間を利用してそのなかに棚をつくりつけ、ワインを貯蔵しているのだった。

無骨で頑丈そうな木製の棚は年代を経て黒ずんではいたが、高さは縣の頭の高さほど、幅は三メートル近くあった。

上から下まで十段ほどに仕切られた棚のなかには、封をされたままのワインの瓶が口をこちらに向けて何百本も寝かされていた。

ただし長い年月のあいだそこからワインの瓶が一本たりとも抜きだされたことはないらしく、棚の前面に張りめぐらされている蜘蛛の巣にはどこにも大きな穴は開いていなかった。

蜘蛛の糸が透明な紗幕《しゃまく》のように覆っているワイン棚を呆然と見つめながら縣は立ちつくした。

まさかトンネルはここで行き止まりなのか？

自分が捜していたのは地下のワインセラーだったのか。

賢一郎は酒を嗜まないはずだから、このワインセラーがつくられたのは賢一郎の父親である友賢の代かあるいはさらにそれ以前の祖父の代だったのかも知れなかったが、賢一郎が急ごしらえで新しくつくった地下の部屋はこのワインセラーを隠すためだったのだろうか。

縣は思わず瞑目した。

生まれてこの方はじめてといっても良いくらいの重労働を何時間もしたせいで体の内側に溜まりに溜まっていた疲労がいちどきに押し寄せてきて足元がふらついた。

目を閉じていると、疑問がつぎつぎと湧き上がってきて頭のなかで渦巻いた。

驚きと失望の感情が徐々に沈静化し、正常な思考がふたたびできるようになるまで二、三分かかった。

縣はあらためてフラッシュライトをもちあげるとワイン棚に向けた。

まず最初に下方に光を当てて、古いワイン棚のどこかに新しく手を加えられたような部分がないか調べた。

とりわけ変わったところがないことをたしかめると、フラッシュライトの光りを棚の反対側の端に投げかけた。

そこにもなにもなかったので今度は下から上に向かって棚を一段ずつ精査していった。

やはりどこにも奇異な部分はなかった。棚は単なる棚で、そのなかに収められている埃をかぶった何百本ものワインの瓶は単なるワインの瓶に過ぎず、どこにも細工のようなものが施されている形跡はなかった。

それでも縣は集中力を途切れさせることなく棚の隅や角、蜘蛛の巣の隙間からのぞくワインの瓶の一本一本を、目を皿のようにして見つめつづけた。

だが結局なにも見つからなかった。

縣は短く息を吐きだし、フラッシュライトをもつ手を下ろした。

やはり単なるワインセラーに過ぎなかったのだろうか。そう思わざるを得なかったが、一方でその結論を簡単に受け入れることもできずにいた。

喉の奥になにかが引っかかっていて、それを飲み下すことができないような気分だった。

どこかに違和感があった。

縣は数歩後ずさりしてワイン棚と距離をとった。

心を落ち着かせ、棚の端から端までをゆっくりと見渡した。

やはりどこかがおかしかった。

縣は棚の端から端、上から下までをあくことなく見つめつづけた。

とつぜん違和感の正体がわかった。

いままで気づかなかったのが不思議なくらいだった。

ワイン棚と壁とのあいだには左右両側にそれぞれ数十センチの隙間があったが、そこには蜘蛛の巣が張っていなかったのだ。

蜘蛛の巣は棚一面を覆っているにもかかわらず、壁まではかかっておらず途中で断ち切れていた。

垂れ下がった蜘蛛の糸が銀色に光りながら揺らめいていた。

それはまさしく棚が最近動かされたことがある証拠だった。

縣は思わず小躍りしそうになった。

棚は日本の襖か障子のように横にスライドする仕掛けになっているに違いなかっ

た。

そこまでわかれば逡巡する理由などなかった。

深く考えることもなしに棚の左側へ行き、壁とのあいだの隙間に体を入れた。

横向きになって両腕を胸のところで小さく折りたたむとなんとか体をすべりこませることができた。

あとは側板に両手を当て、たたんだ両腕を前に伸ばすだけだった。

縣は全身の力をこめて棚を押した。

棚は微動だにしなかった。

もう一度押してみたが同じだった。

しかし縣はあきらめなかった。棚はかならず動くはずだという確信があった。

もう一度押した。棚の底面がなにかと擦れる重い音がして、棚が数センチ動いた。

地面に溝のようなものが掘られているようだった。縣は大きく息を吸いこみ、ありったけの力をふりしぼって棚を押した。

棚は重く、苛立たしいくらいわずかずつしか動かなかったが、それでも動いているという実感があった。

縣は歯を食いしばって押した。

さらに息を止めたまま二分間以上も押しつづけたろうか。とつぜん両手が反動で押し返され、棚の動きが止まった。

五十センチほど移動した棚の背後の壁に、人ひとりがようやく通り抜けられるほどのせまい入口が開いていた。

縣は地面に置いていたフラッシュライトをとりあげ、スイッチを入れて入口の奥に向けた。

細かな埃が漂っている小さな部屋らしき空間があった。

レストランのパウダールームほどの広さだったが、もちろん化粧直しのための鏡がならんでいる訳でもなく、ただの四角い空間だった。

縣はせまい入口をすり抜けた。

部屋のなかは床も壁も板張りだった。

閉所恐怖症を誘発しそうな殺風景な空間には、荷物がすべて運び去られてしまったあとの倉庫のように見事になにもなかった。

ただ床のうえに本が一冊落ちているだけだった。

縣はしゃがみこんで本を手にとった。

黴と変色した紙の匂いがした。

それは賢一郎の隠し部屋の書架にあったような皮革で装丁された豪華な本とはまるで違っていた。

和紙を束ね厚紙で装丁して綴じ合わせた、本というより帳面のようなものだった。なかを開くと墨で書かれた小さな文字でびっしりと埋まっていたが、達筆すぎて縣には読むことができなかった。

しかし縣にはそれがなんであるか理解できた。

少なくともなんの一部であるかということを。

縣は帳面を床に戻して立ち上がった。

フラッシュライトで四方を隈なく照らした。

なにもないはずはなかった。

思った通り、正面の壁の目の高さの位置に板と板とのあいだに開いているわずかな隙間を見つけた。

近づいてよく見ると切れ込みの跡だとわかった。

把手などはついていなかったが、一目見ただけではわからないように工夫してつくられた隠し戸に違いなかった。

縣は隙間の位置から目算してここに戸口の端があるはずだと見当をつけた場所に手

を当て、軽くひと押しした。

木が軋む音がして戸口が向こう側に開かれた。

フラッシュライトで前方を照らすと、奥にも同じような部屋があった。

縣はためらいもせず戸口をくぐった。

同じ造り、同じ広さの空間だった。

違っているのは、本の量が前の部屋より格段に増えていることだった。

手製の手書本《しゅしょぼん》は一冊ずつではなく何十冊かがまとめられて紐で括《くく》られ、壁に沿って無造作に積み上げられていた。

部屋の右側も左側も壁のなかほどの高さまで本で埋まっていた。正面の壁も真ん中にほんの少し空き場所があるだけで、ほとんど本で埋まっているのは同じだった。

縣はフラッシュライトの光りをゆっくりと一周させ、部屋のなかの様子をよく見ようとした。

到るところに書物の堆積があった。一体どれだけの量があるのか見当もつかなかった。

光りをさらに一周させると、正面に積み上げられた束の上に、紐で括られていない本が一冊載っているのが見えた。

手にとろうとして正面の壁に歩み寄ろうとしたとき、なにかに躓いて前のめりになった。

足元に本の束が一組転がっていたことに気づかなかったのだ。

たたらを踏んだ縣は体を支えようとして思わず目の前に積み上げられていた本の山に手をついた。

縣の体重に耐えきれず本の山が崩れ、縣の手が宙をかいた。

床に倒れて膝をついた縣の背中に本の束が落ちかかった。

埃が舞い、黴の臭いが辺りにたちこめた。

本の束は軽かったので背中に痛みは感じなかったが、床に倒れた拍子に打った膝が悲鳴を上げた。

縣は痛みをこらえるために息を吸いこんだ。

黴とは別の臭いが鼻を突いた。

埃や黴とはまるで違った強烈な臭いだった。

膝をついたまま首をめぐらせた。

臭いは正面の一ヵ所だけ本が積み上げられていない壁のほうからきているようだった。

縣は膝の痛みも忘れて立ち上がると、フラッシュライトを前方に向けた。

壁にはわずかな隙間があり、その下から床を這うように煙が洩れでていた。

縣は一瞬立ちすくんだ。

壁に前の部屋と同じ隠し戸があることは明らかで、煙はその向こうにあるはずのもうひとつの部屋から流れてきているのだった。

臭いは刻々と強くなっていった。

鑑識課員として放火現場にも何度も臨場したことがある縣には、それが可燃性の液体が燃焼中に発する臭いだということがすぐにわかった。

縣は呼吸を止め、隠し戸を押し開けた。

隣りの部屋に足を踏み入れたとたん、縣はまぶしい光りに目がくらんだ。

部屋は照明で煌々と照らされていた。

縣はくらんだ目を細めながら部屋のなかを見まわした。

コンクリートの天井に蛍光灯の列がならんでいた。

部屋は前のふたつとは比較にならないくらい格段に大きく、間口が十メートル、奥行きが十メートルほどもあり、天井の高さも三メートル近くあった。

真っ先に目に飛びこんできたのは、四方を囲んでいる手書本の壁だった。

天井まで届く書架が壁という壁を埋め尽くし、棚のなかには和紙を綴じ合わせた手製の書物がぎっしりと詰めこまれていた。

手書本はそれだけでなく書架の前の床のうえにも雑然と積み上げられていたが、縦にならべられたものも横に寝かされたものもあり、さらに本と本の隙間に別の本が押しこまれているといった具合に雑然として混沌をきわめていた。

縣はトンネルの入口で階段を降りたことを思いだした。

コンクリートでできたこの巨大な構造物は賢一郎の隠し部屋よりさらに深い地下につくられているのだった。

8

目を覚ますと椅子に座らされていた。

島崎昇平が座っていた椅子だった。

天井の照明が点けられていて部屋のなかはまぶしいほど明るかった。

死んでいたはずの島崎らしき男はテーブルの反対側に、食堂の入口に背を向けこちらを向いて座っていた。

テーブルが長くて距離があるために本当に島崎昇平なのかどうか確信はもてなかったが、男が笑みを浮かべていることだけははっきりとわかった。

男は先ほどまでとは違って光沢のあるナイトガウンを羽織り、その下にワイシャツを着こんでやはり光沢のあるネクタイを締めていた。

テーブルのうえにはブランデーグラスが載っていた。

腕をもち上げようとしてみたが、細いロープで肘掛けに固く縛りつけられていた。足も同じで、椅子の脚にくくりつけられ動かすことができなかった。

「目が覚めたかね」

男がいった。

島崎の声だった。

気を失って倒れたときに床に打ちつけたらしく側頭部が痛み、吐き気までした。

男はやはり島崎なのだろうか。

真梨子は混乱しながらなんとか頭を働かせようとした。

テーブルの端に座っている男が島崎だとしたら、クロロホルムを使って気絶させたうえに拉致したのも島崎だということになる。

たった二度しか会ったことがない患者がなぜそんな犯行に及んだのか、理由が思いつかなかった。

「さぞかし驚いたろうね」

男の声はたしかに島崎の声と聞き間違えようがなかったが、カウンセリングのときのような訥々《とつとつ》とした調子ではなく、なめらかで自信に満ちた声だった。

「きみはわたしを鬱病を患った島崎昇平という町の精神科医だと思っているだろうが、そのような人間はこの世に存在しない。すべてわたしがでっちあげたものだ。ネットの上だけにね」

吐き気が強くなり、深呼吸をしようとしたが息をうまく吸いこむことができなかった。

冷静にならなければ、と自分に言い聞かせた。

思い返すまでもなかった。

島崎昇平という患者について知っていることはすべてネットから得た情報だった。名前も経歴も、そして自殺した女子高校生の家族に訴えられた裁判のことさえ。

検索した情報を事実であると思いこんで島崎の話を鵜呑みにしていた。それでも真梨子には男がいったことが真実だとはにわかには信じられなかった。

「わたしがはじめてきみの診察室を訪れたあと、きみは島崎昇平についての情報を検索するためにパソコンに飛びついたはずだが、きみが読んだ『後鳥羽台クリニック』についての毀誉褒貶や無責任な噂話もすべてわたし自身が書きこんだものだ。少々時間はかかったが、あれほど愉しい作業はなかったよ。デジタル空間のなかではわたしは男にも女にも、高校生だろうがなんだろうが好きなものになれるのだからね」

男はそういうと椅子から立ち上がり、真梨子にゆっくりと歩み寄った。

真梨子は椅子の上で思わず体をこわばらせた。

男が真梨子のすぐ脇で腰をかがめた。

診察室では嗅いだことがなかった香水の香りが鼻をかすめた。

男の手がロープで縛られている手首に触れた。

ロープが解け、片手が自由になった。

「これを使い給え。きみもわたしに訊きたいことがいろいろあるだろうからね」

男がスマートフォンをテーブルのうえに置いた。

男の顔はたしかに島崎昇平だったが、言葉遣いといい落ち着き払った物腰といい、カウンセリングのときとはすっかり変わっていてとても同一人物とは思えなかった。

「それにしても人間がインターネットで流れている情報にまったく疑いをもたないのは不思議なほどだな。きみのような利口な女でさえ手もなくだまされたのだからな」

男がテーブルの反対側に戻り、椅子に座り直していった。

ネットの記事がすべて作り物だったとしたら、カウンセリングのときに訴えた鬱病の症状の細かな描写や自殺念慮を発症したと助けを求めてきたときの真に迫った言動もすべて演技だったのだろうか。

そうだとすればコンピューターの知識だけでなく、医学に関しても相当の知識の持ち主だということになる。

この男は何者なのだろうか。真梨子はますます混乱を覚えながら、自由になった片手をスマートフォンに伸ばしキーを打った。

〈あなたは一体何者なの？　わたしをどうするつもり？〉

「質問は一度にひとつだけだ」

男はテーブルのうえの自分のスマートフォンを摘みあげ、画面に表示された文字を一瞥していった。

「きみはわたしのことを知らないだろうが、わたしはきみのことを知っている。この二年間きみを観察させてもらったからね。それにしてもきみはなぜあんな生活をしているのだ。まるで尼僧のような暮らしぶりではないか」

男のことばを真に受けた訳ではなかったが、芝居がかった口調に寒気を覚えた。

〈なにをいっているのかわからない〉

「家具は必要最小限しかそろえず、調度品といえるようなものも置いていない。ブランドものの衣装もなければ化粧品さえろくなものはもっていない。独身の女性としては少々淋しいかぎりではないのかね」

男がいった。陽気とさえいえる口調だった。

「口からでまかせをいっているのかどうか考えている顔をしているな。嘘ではない。きみはまったく気づいていないようだが、実は二年前からきみの家には小型カメラと盗聴器が仕掛けてあるのだよ」

信じがたいことばにスマートフォンのうえに置いた指が一瞬凍りついた。

「なぜかと訊かないのかね」

〈嘘だわ。そんなはずがない〉

真梨子はスマートフォンのキーボードを指先で叩いた。

「嘘ではない。きみがなにを身に着けて眠るのか、わたしの口からいわせたいかね？」

男がいった。

真梨子は男の顔を見た。

男は微笑を浮かべたまま真梨子を見返した。

〈なぜなの？〉

「わたしに何者かと訊いたな。わたしの名を知りたいかね」

〈ええ。教えて〉

真梨子はキーを打った。

ひょっとしたら男は神経を病んでいるのかも知れない。どんなことでもとにかく会話をつづけることが肝要だと、真梨子は思った。

「能判官古代だ。この名前に覚えはあるかね」

〈ノウジョウ・コダイ？　それも変名なの？〉

「生まれたときからこの名前だよ」

〈めずらしい名前ね。それほど特徴のある名前なら一度聞いたら忘れるはずはないと思うけど、覚えがないわ。ごめんなさい〉

「能判官という姓にもまったく覚えがないのかね」

男がいった。

真梨子にはその質問の意味がわからなかった。

〈混乱しているの。少し考えさせてちょうだい。あなたは島崎昇平ではないのね〉

「違う」

〈『後鳥羽台クリニック』という病院の院長でも、患者さんに訴えられたことが原因で鬱病になった訳でもない。そうなのね？〉

「わたしはいたって健康だよ」

〈それなら鬱病の患者としてわたしの病院にきた理由はなに？〉

男が目の前のブランデーグラスを指先だけで器用に摘みあげ口元に運んだ。

「もちろん、きみと直接顔を合わせたいと思ったからだ」

〈わたしの家にカメラや盗聴器を仕掛けたというのは本当なの？〉

スマートフォンの画面を見て男がうなずいた。

〈仕掛けたのは二年前だといったわね。なぜ二年前なの。二年前にどこかであなたと会ったのかしら〉

「二年前にきみを見つけた。きみは新聞社の記者やテレビのレポーターたちに追いまわされていた。なんでも精神鑑定中の犯罪者が病院から脱走したとかいうことだったが」

男がいった。

二年前の鈴木一郎の事件のことをいっているに違いなかった。

〈テレビのニュース番組でわたしの姿を見かけた。そうなの？〉

「そうだ」

〈テレビでわたしを見てわたしの名前を知り、そしてわたしの家がどこかを調べた。そういうことなのね〉

男がふたたびうなずいた。

男はやはり神経を病んでいるのだろうか。

テレビで一度見かけただけの人間に執着してあとを尾けまわす理由などほかに何も思い浮かばなかった。真梨子はつぎの質問をするべきかどうか一瞬ためらったが、思い切ってキーを叩いた。

〈なぜ、わたしなの？〉

真梨子の質問を見た男の顔に笑みが浮かんだ。

「その質問を待っていたよ」

男は満足げにいうとグラスの酒を一口飲んだ。

「わたしはきみを知っているといったろう？　きみを見つけたのは二年前だが、そのときはじめてきみのことを知った訳ではない。きみのことはその前から知っていた。昔からね」

〈昔っていつのこと〉

「ずっと昔だ」

〈わからないわ。わたしたちはどこかで会ったことがあるの〉

男は質問に答えようとせず、黙ってグラスを口元に運んだ。

真梨子は男の表情をうかがった。

「二年間きみを観察していたといったはずだ。きみが朝食になにを食べ、何時に病院に出勤するのか、仕事から帰ったらどんな部屋着に着替えるかもすべて見ていた。そのあいだ、わたしがなにを考えていたと思うかね」

〈わからない。なにを考えていたの？〉

「わたしはいつでもきみの家に押し入ることができたし、仕事帰りのきみの不意を突いて病院の駐車場で襲うこともできた。いつでもどんな方法でも選び放題にな。しかしそれではあまりに簡単すぎるし、きみの反応もありきたりで散文的なものになってしまうはずだった。そこでどんな方法できみに近づこうかあれこれ考えたのだ。毎日それればかり考えていたといっても良い。頭のなかでいろいろと思い描くだけで二年間ものあいだ愉しんでいたのだが、ついに我慢しきれなくなった」

男がいった。

〈昔からわたしを知っているというのは本当なの？　いつからわたしのことを知っているの〉

「きみが生まれたときからだ。わたしはきみがまだ赤ん坊だったころから知っている。わたしたちは同じ家で暮らしていたからね」

男のことばを聞いて、この男は間違いなく神経を病んでいると真梨子は確信した。それとも男が事実を述べているなどということがあり得るのだろうか？

ほんの一瞬、そんな可能性があるのかどうか考えるだけで指先が細かく顫えた。

〈同じ家で暮らしていた？　それはどういう意味なの〉

「まだ思いださないのかね。きみの名前は鷲谷真梨子ではない。それはきみが鷲谷家に養子にだされたときに名づけられたものだ。生まれたときの名は惟百《いお》だ。能判官惟百。これがきみの本名だよ」

男が真梨子の顔をまじまじと見つめながらいった。

恐怖がこみあげてきて、指先の顫えをどうしても止めることができなかった。

9

巨大な空間には熱がこもっていた。

縣は信じられない光景に目を奪われて一瞬立ちつくしたが、すぐにわれに返って左右を見まわした。

部屋の隅に人間がいた。

白いシャツに黒いズボン姿の老人が書架の前にできた本の山に向かってしゃがみこんでいたのだ。

床のうえに大きなプラスチックのタンクが置かれ、老人の手元から一筋の煙が上がっていた。

体が反射的に動いていた。縣は老人に向かって駆けだして背中を突き飛ばすと、燃え上がる本を何度も床に叩きつけて火を消した。

「なにをする」

床に転がった老人が怒鳴り声を上げた。

「あんたこそなにをするの」

縣も負けじと大声を上げた。

老人が目を丸くして縣を見た。突き飛ばされたことより、どこからかとつぜん出現した人間に驚いたようだった。

「どうして火なんか点けるの」

縣は老人に向かっていった。

「決まっている。燃やすためだ。あんたは誰だ」

「警察の人間」

縣はいった。

「警察の人間ならみんな引き揚げたはずだ」

老人がいった。屋敷の見張り番をしていた警官のことらしかった。

「わたしは所轄署の警官じゃない。東京からきたの」

老人の表情が一変した。

床のうえに座り直したかと思うと、めずらしい生き物でも見るような目で縣を見つめた。縣が思わず身を引いたほど真剣な視線だった。

「ああ、あんたか」

老人がつぶやくようにいった。縣のことを以前から知っているような口ぶりだった。

「わたしのことを知っているの？」

縣は驚いていった。

「あんたがどこでなにをしていたか、この愛宕にやって来たその日からすべて知っている」

老人がいった。

縣は目を見張った。

なにをいっているのかは理解できなかったが、目の前に座ってこちらを見つめている白髪で小柄な老人こそ捜し求めていた人間に違いなかった。

「頭師《ずし》さんね。頭師倫太郎《りんたろう》さん。わたしのことを知っているの？」

「もちろん知っている。東京からきた鵜飼縣という刑事さんだろう。賢一郎さんを殺した犯人は見つけたかね？」

「賢一郎氏を殺した犯人を知っているの？」

「知らんはずがないだろう」

頭師がいった。

「能判官古代のことね。彼の手下はどうやって美術館にいたあなたを見つけたの。賢一郎氏がしゃべったの？」

「わたしが自分で警察に電話をした。これ以上無益な犠牲者をださぬためにな」

「なるほど、そういうことか。古代があんたを捜していたのは能判官家が代々集めてきた記録の保管場所を聞きだすためだった。ここがその保管庫なんでしょう？」

頭師がうなずいた。

「どうして燃やさなければならないの」

「秋柾《あきまさ》様が能判官家はご自分の代で廃絶とするとお決めになられた。この記録はもはや必要ではなくなった」

「廃絶ってなに？」

「あんたは日本語を知らんのか」

頭師が皺深い顔をしかめた。

「能判官家がお役目を終えてこの世からなくなるということだ」

「理由は古代なのね？」

「そうだ」

「古代というのは秋柾氏の実子なの？」

「本当の子だ。しかし悪性《あくしょう》の子でな。能判官家の跡継ぎにはふさわしくないと秋柾様がこの愛宕から追放した。あの男がまだ若いときにな。いっそあのとき殺しておけばよかったと思うが、悔やんでももう遅い」

頭師がいった。

「秋柾氏には子供がいたが、不行跡があったせいで勘当されたって聞いたわ。不行跡って一体なにをしたの」

縣は古代に関してもっとも知りたかったことを尋ねた。

「秋柾氏には古代のほかにもうひとりの子がいた。古代が十四歳のときに生まれた女の子で、秋柾様が晩年に授かった子供だった」

「つまり古代の妹ってこと？」

頭師がうなずいた。

「それで？」

「ある日秋柾様が古代が妹に悪戯をしようとしているところを見つけられた。まだ襁《むつ》褓《き》もとれない赤子にだ」

「なんですって」

縣は思わず声を上げた。

「悪戯って、一体なにをしたの」

「とても口にできないほどおぞましいことだ」

頭師がいった。

「それ以前に愛宕市で幼い女の子が通学路などで襲われる事件が何件かあった。一年半のあいだに三人の小学女子児童が性的暴行を加えられたのだが、犯人は捕まっていなかった。古代が実の妹に悪戯しようとしていたのを目撃した秋柾様は三件のうちの最初の事件が自分の屋敷の近所で起きたことを思い起こされて、暴行事件の犯人は古代に違いないと確信された。秋柾様は当然古代を厳しく問い詰めたが、古代は自分は知らないの一点張りでしらを切り通した。業を煮やした秋柾様は古代を警察に突きだそうとされたが、それでは能判官家の跡とりがいなくなるとわたしがなんとかお止めした。秋柾様も最後には思いとどまってくれたが、妹は古代のそばに置いておく訳にはいかないと養女にだされるという苦渋の決断をされた。名前も変え、古代にどこに養子にだしたのか知られぬように計らったうえでな」

「養子にだしたって、そんなに簡単に？　奥様は反対しなかったの」

「奥方様は古代の妹を産んですぐに亡くなられてしまっていた。秋柾様が娘を養女にだされる決意をされた理由はそこにもあった」

「そうなの」

縣はうなずくしかなかった。

「娘はまだ一歳にも満たない年齢だったから養子にだされたという記憶もなく、養父母を実の親だと信じて育った。それで一件はなんとか落着したように見えたが、それ以後も古代が行いを慎む様子を一向に見せぬばかりか、ねじまがった本性はますます顕著になる一方だったので、秋柾様は古代が十五歳になったときにとうとう家から追放し、能判官家も御自分の代で廃絶にすると決意されたのだ」

頭師はことばを切って目を閉じた。

古代に年齢の離れた妹がいたことははじめて聞く話だったが、そのほかのことはおよそ想像していた通りだった。

聞きたいことは山ほどあったが、疲労のせいで立っているのもやっとだった。そのうえ火の気がないのにもかかわらず、なぜか巨大な空間にこもった空気がますます熱を帯びてきて耐えられないほどになっていた。

「ここをでましょう。大丈夫、あなたの安全は保障するから」

縣が手を伸ばして床に座りこんだままの頭師を立ち上がらせようとしたとき、地響きがして床が揺れた。思わずよろけたほど大きな揺れだった。

「地震だ。本が崩れてきたりしたら危険よ。さあ、早く立って」

頭師の肩に手をかけて急き立てたが、頭師は座りこんだまま動こうとしなかった。

「地震ではない」

頭師が落ち着き払った口調でいった。

「地震じゃない？」

縣は聞きとがめて頭師の顔を見た。

「地震じゃなかったらなんなの？」

「書庫が燃え落ちたのだ」

頭師がいった。

「書庫が？」

縣は周囲を見まわした。頭師が燃やそうとした手書本の火は消したはずだった。

「ここと同じ大きさの書庫が奥にもうふたつある。それが燃え落ちたのだ」

縣は頭師のことばがとっさに飲みこめず、眉間にしわを寄せた。

「この奥にもまだ書庫があるというの？」

頭師がうなずいた。

縣は一瞬ことばを失った。地下にこれだけ巨大な施設がひとつだけでなく複数あるとは想像もしていないことだった。

頬に当たる熱を感じて書架で埋まったコンクリートの壁に目をやった。

いつの間にか壁のあちこちから白い煙が立ちのぼりはじめているばかりか、書架の下では青白い炎が酸素を求めてヘビのように床を這うのが見えた。

「ここにもすぐ火の手がまわる。あんたも早く逃げないと火に巻かれるぞ」

頭師の声が背後から聞こえた。

「あなたも早く逃げないと」

ふり返ると、頭師は、小柄な老人のどこにそんな力があったのかと驚くくらい高々とプラスチックのタンクを頭上にもちあげた。

「なにをするの」

飛びかかって止めようとしたが遅かった。タンクのなかの液体が流れだし頭師の体にかかった。

強烈な臭いとともに辺りに滴《しずく》が飛び散り、大量のガソリンがたちまち床のうえに広がった。

飛びすさった拍子に足が滑り、縣は転倒して床に膝をついた。

ガソリンをかぶってずぶ濡れになった頭師がゆっくりと立ち上がり、煙を噴き上げている書庫の奥の壁に向かって歩きはじめた。

「待ちなさい。待って」

叫んだが頭師はふり返りもせずに歩きつづけた。

奥の壁から火の手が上がった。

炎が波のように押し寄せてきて頭師の小柄な体を包みこんだ。

思わず叫び声を上げ、頭師に駆け寄ろうとした縣を何者かが後ろから抱きすくめて押しとどめた。

「やめろ」

縣を背後から抱き止めた男が怒鳴った。

驚いてふり返ると茶屋の顔があった。

「あの人が頭師倫太郎なの。助けないと」

茶屋がどうしてここにとつぜん現れたのかわからなかったが、縣は炎に包まれた頭師を指さしながら夢中で叫んだ。

「手遅れだ。あきらめろ」

茶屋がいった瞬間、くぐもった爆発音がどこからか聞こえ、床が揺れた。

書架から大量の本が落下し、つぎつぎに炎に飲みこまれていった。

大きくふくらんだ炎が書架に燃え移り、またたく間に天井の高さにまで達した。

巨大なコンクリートの空間はたちまち火の海となり、煙の渦と熱風がふたりに襲いかかった。

茶屋は縛めを逃れようとして手足をふりまわして暴れる縣を抱きすくめたまま後ずさった。

10

真梨子は、島崎昇平と名乗り自分の前に現れた男の顔をまじまじと見つめた。

〈わたしがあなたの家族だというの？〉

顫える指先でキーボードを叩いた。

「お前はわたしの妹なのだ」

島崎がいった。表情も言葉つきも一変していた。

〈わたしに兄妹などいない〉

真梨子はようやくそれだけの文字を打った。

「お前は能判官家の当主だったたわたしの父秋柾の実の子だが、一歳にもならないうちに養子にだされた。お前がわたしの顔を覚えていないのはそのためだ。わたしは三十年以上もお前を探しつづけていた。お前に復讐するためにな」

島崎は椅子から立ち上がると、テーブルの端の真梨子に向かって歩きだした。

〈わたしがあなたになにをしたというの〉

真梨子は一歩また一歩と近づいてくる島崎から少しでも距離をとろうとして、むなしく椅子の上で半身を反らせた。

「わたしはまだ十五歳だったというのに家を追いだされ辛酸を舐めさせられた。わたしが能判官家の当主におさまることができなかったのもお前が元凶だ」

目の前で立ち止まった島崎が真梨子の頬を撫であげた。

真梨子はおぞましさに総毛立ち、スマートフォンを握った手で島崎を殴りつけた。

島崎が真梨子がふるった手をつかんだ。診察室で顔をうつむかせ歩くこともできずにドアに寄りかかっていた男とは思えないほど機敏で力強い動きだった。

「お前にはその代償を払ってもらう。この体でな」

島崎が顔を近づけ耳元でささやくようにいった。

真梨子は必死に身をよじった。島崎は真梨子の手を離そうとせず、手首をつかんだ手にいっそう力をこめた。

無我夢中でもがくうちに椅子の前脚が床から浮き後ろに大きく傾いた。島崎がつかんでいた手首をいきなり離し、真梨子は椅子ごと背中から転倒した。

後頭部を床に打ちつけ、真梨子は声のない悲鳴をあげた。

椅子に縛りつけられているせいで、床を転げまわるどころか身動きすることさえできなかった。

「無様な姿だな。まるでひっくり返った亀ではないか」

仁王立ちした島崎が真梨子を見下ろしながらいった。

「わたしが何者か、お前になにをするつもりなのかと尋ねたな。わたしが何者なのかは話した。今度はわたしがお前になにをするつもりなのかを聞かせてやろう」

怒りのためか興奮のせいなのか、島崎の顔が赤黒く変色していた。

「これから毎日気が向いたときにお前を犯す。一週間になるか半年になるかはお前次第だが、わたしが飽きたら鉈や包丁、ハサミなどを使って生きたまま一寸刻みにする。眼球をえぐりだし手足の爪を一枚ずつ剝がして、酸で顔を焼いてからな」

島崎はそういうといきなり全身の体重を乗せて真梨子の腹を踏みつけた。

あまりの痛みに呼吸が止まり、真梨子は身悶えた。

「最初は睡眠薬を使って眠らせ、お前の体を気が済むまでいたぶろうと思ったが、こういう場所で味見をするのも一興だな」

島崎がテーブルのうえのナイフをとりあげ、真梨子の顔の横にひざまずいた。

「歯を立てるなよ。歯を立てたらこれで口を切り裂く」

島崎はナイフを握りしめ、もう一方の手で真梨子の自由なほうの手を押さえつけると顔を寄せてきた。

真梨子は島崎の唇を避けようとはげしく首を左右にふった。

島崎の力は強く、いくらあがいても押さえつけている手を撥ね退けることができなかった。

顔に熱い息がかかり絶望に思わず目を閉じたとき、床に押さえつけられていた手からとつぜん島崎の手が離れた。

恐る恐る目を開けると、島崎が苦痛に顔をゆがませながら操り人形のようによろよろと立ち上がる姿が見えた。

どうやら何者かが背後から島崎の首をつかんで真梨子の体から引き剝がしたようだった。

とつぜん現れたもうひとりの男の顔は、島崎の陰に隠れて見えなかった。

島崎は完全に立ち上がり、首を絞められたままつま先立ちになって後ろ向きに引きずられていった。

なにが起こったのかわからなかったが、真梨子は顫える手で左手を結んでいるロープをほどいた。動転しているせいですばやくとはいかなかったが、そのあと両手を使ってなんとか縛りつけられた脚も自由にすることができた。

両脚を下ろして床のうえを転がり、よろけながら立ち上がったとき、島崎が握りしめたナイフを後ろも見ずに背後の男の横腹に力まかせに突き刺すのが見えた。

ナイフは男の腹に深々と突き刺さったように見えたが男は悲鳴どころかうめき声すら上げなかった。

声は上げなかったけれど、少しだけ体をくの字に折った拍子に島崎の体越しに男の顔がのぞいた。

男の顔を見た真梨子は驚愕に目を見開いた。

男は鈴木一郎だった。

鈴木一郎がなぜとつぜん現れたのか、なぜ自分を助けたのかまったく見当がつかず、幻覚を見ているに違いないと一瞬思ったが、男が鈴木一郎であることは紛れもない現実だった。

もがく島崎と島崎の首を背後から絞めつづけている鈴木から視線を逸らすことができずに、真梨子は逃げることも忘れてその場に立ちつくした。

首を絞めつける鈴木の力がよほど強いのか、島崎はもがきながらもうめき声さえ上げられずにテーブルの反対側まで引きずられていき、ふたりの男は絡み合いながら部屋の外へと消えた。

混乱した真梨子は自分がなにをしようとしているのかもわからないままふたりのあとを追った。

ドアを抜けると、島崎が鈴木に片手で首を締めつけられたまま壁に押しつけられていた。

島崎は窒息寸前の様子で白目を剝いていた。

一方鈴木の顔にはまったく感情らしきものが浮かんでいなかった。

人が殺される。誰であろうとひとりの人間が、目の前でまさに殺されかかっているという恐怖で真梨子は凍りついた。

「やめて」

思わず叫び声を上げていた。真梨子は声がでたことに自分でも気がつかなかった。

真梨子は無我夢中でふたりの男に駆け寄り、鈴木を突き飛ばした。

鈴木の手が島崎の首から離れた。

「やめなさい」

よろけたもののすばやく体勢を立て直し、ふたたび島崎を捉えようとする鈴木の前に真梨子は立ちはだかった。

鈴木が真梨子に顔を向けた。

表情のない鈴木を見つめ返しながら、さらに一歩前に足を踏みだそうとしたとき背中を痛みが貫いて全身から力が抜け、真梨子は膝から崩れ落ちた。

息も絶え絶えだった島崎がわずかに残った力をふりしぼって真梨子の背中にナイフを突き立てたのだった。

「先生」

鈴木が自分に向かって手を伸ばすのが見えた。

鈴木の顔が目の前にあった。

真梨子を抱きとめ顔をのぞきこむ鈴木の顔が次第にぼやけていき、やがて闇のなかに溶けていった。

11

トンネルを逆にたどって地上にでてからも深い地下からのくぐもった爆発音が断続

的に聞こえてきた。

　床から熱気が伝わってくるようで、屋敷全体に火の手がまわるのも時間の問題と思われた。

　屋敷の外にでると縣は地面に膝をつき、荒い息をついた。

　そのときはじめていつの間にか夜になっており、辺りがすでに真っ暗になっていることに気づいた。

　トンネルを抜けるあいだも極度に熱せられた空気を吸いこみつづけていたせいで肺が痛んだ。

「どうしてわたしがあそこにいることがわかったの？」

　茶屋を見上げて縣は尋ねた。

「古代の手下があんたを尾けていたことに気がつかなかったのか。おれはそいつらを尾けてきたんだ。そいつらをかたづけてあんたを捜そうと地下の隠し部屋に入ってみると、本棚の後ろにトンネルの入口が開いていたという訳だ」

　煙で額を黒くした茶屋が縣を見下ろしながらいった。

「そうだったの。ありがとう」

「なんの礼だ」

「わたしの命を助けてくれたでしょ」

縣はしゃがれ声でいった。

屋敷の外にでても地下からの地鳴りはつづいていた。

地面はかすかに揺れつづけており、まるで大地震の前触れのようだった。

地下につくられた巨大な構造物が焼き尽くされて崩れ落ちたらどうなるのか、想像するだけで寒気がした。

「あそこは一体なんなんだ」

小刻みに揺れる地面の上に踏ん張って立ちながら茶屋が縣に訊いた。

「能判官家が代々収集した記録の保管庫」

「能判官家の記録の保管庫がなぜ氷室屋敷の地下にあるんだ」

「記録に目を通すことができたのは代々頭師家の人間に限られるという決まりになっていたそうだから、人々の目から隠すためね。氷室家も能判官家に世話になったようだから、それに力を貸したんだと思う。もちろん能判官家の先代は場所くらいは承知していたでしょうけど」

茶屋は眉間にしわを寄せてしばらく考えていたが、やがていった。

「記録の保管庫ってことは、つまりあそこが古代や日馬たちが捜していたものだということか」

「そういうこと。日馬たちは頭師さんがＵＳＢメモリーみたいなものをどこかに隠しているに違いないと思っていたようだけどね」

「あの火事はなんだったんだ。頭師が火を点けたのか」

茶屋が訊いた。

「ええ、そう」

縣は地面に両手をついてよろよろと立ち上がった。

「そんな貴重なものを頭師はなぜ燃やしたんだ」

「古代たちが捜しているとわかったから、彼らの手が永久に届かないようにするため」

茶屋の問いに縣がうなずいたとき不気味な地鳴りが轟き、地面がいっそう大きく揺れた。

「ここから離れないと危険だわ」

縣は茶屋に向かって大声を上げて走りだそうとしたが、腰がふらついていて無様に転倒した。

痛みのあまり小さく悲鳴を上げた縣に茶屋が手を伸ばし、片手で軽々と助け起こした。

「大丈夫か」

「ええ、大丈夫。走って」

縣はそう叫ぶと門に向かって一目散に駆けだした。

巨体の茶屋も瞬時に反応し、縣に後れをとることなく走りだした。

その瞬間地面に亀裂が走り、車回しの脇に建てられた煉瓦造りの納屋が轟音とともに地中に飲みこまれた。

亀裂はみるみる延びて、夜目にも白い砂利道を猛然と走る縣たちを後ろから追いかけてきた。

池の水が揺れて沸き立ち、水しぶきの雨を降らせた。

縣たちは頭から水を浴びながら、息が切れるのもかまわず走りつづけた。

亀裂はしかし庭のなかほど以上には延びず、後ろも見ずに必死で走る縣たちのすぐ背後で止まり、土砂崩れもおさまった。

唐草の透かし柄の鋳鉄の門扉を抜けたとたんふたりは力尽きて地面に倒れこんだ。

門の向こうをふり返ると屋敷が沈みはじめていて、翼棟の急勾配の屋根が大きく傾いているのが見えた。

啞然として見つめているうちに、木材と金属とが軋む獣の咆哮のような音がして屋根が崩れ落ちた。

翼棟の建物が断末魔の悲鳴を上げながら地面の下に半分ほど沈んだとき、蔦が絡みついた本館の土台に沿って電光のような光りが走った。

本館の真下にあった地下の巨大な構造物の天井が崩れ落ちたせいで、炎が新鮮な酸素を求めて一斉に噴き上がったのだった。

屋敷はまるで火薬庫が爆発したように一瞬にして火の玉と化した。

はげしい旋風が巻き起こり、縣たちは熱風の衝撃で後ろによろけた。

立ちのぼった炎は一本の太い柱となって夜空を焦がし、屋敷の広い敷地を赤々と照らしだした。

燃えさかりながら徐々に地中深くに沈んでいく氷室屋敷を縣と茶屋はなす術もなく見つめるしかなかった。

12

よく晴れた日だった。

白衣の看護師が、脚にギプスをした患者を乗せた車椅子を押しながら遊歩道をのんびりと歩いていた。

ほかにも噴水のまわりをパジャマにカーディガンを羽織っただけの数人の人々が陽光を浴びながら散歩を楽しんでいた。皆笑顔で、憂鬱そうな顔をしている者はひとりもいなかった。

建物のなかに入ると、広いフロアはソファに座って自分の名前が呼ばれるのを待っている人や忙しそうに往き来する看護師、白衣とは別の制服を着た事務員たちであふれていたが、こちらは皆うつむきかげんで、大声で私語を交わしている人も笑顔を浮かべている人もいなかった。当り前といえば当り前だが。

縣は受付で鷲谷真梨子が入院している病室を聞いてエレベーターに乗り、五階で降りた。

長い廊下のいちばん奥が真梨子の病室だった。

軽くノックしてスライド式のドアを開けた。

病室はひとり部屋にしては広く、壁には液晶の大型画面まで嵌めこまれていた。ほかにもオーディオ装置やパソコンなど最新の電気製品がいくつもそろえられていて、病室から外へでなくてもゆうに半年や一年くらいはなに不自由なく暮らせそうだった。

ベッドに横たわった真梨子が縣に顔を向けた。縣は傍らにあった椅子をベッドの脇に引き寄せて座った。

「これ、打てる？」

縣は小さなバッグからスマートフォンをとりだして真梨子に尋ねた。

〈ええ。まだ歩いたりすることはできないけど、指は動く〉

真梨子が胸のうえに載せたスマートフォンのキーボードを両手の親指で器用に打ってすぐに返信してきた。

「手術からたった一週間しか経っていないのに、元気そうで安心したわ」

〈病院に運びこまれるのがもう少し遅かったらどうなっていたかわからないとお医者さんがいっていたわ〉

「先生を病院まで運んだのは鈴木一郎なんだって？」

縣が尋ねると真梨子がうなずいた。怒っているような恨んでいるような複雑な表情だった。

鈴木は能判官古代を殺すことより真梨子の命を救うことを選んだ。その結果古代は逃亡し、まんまと姿をくらましたのだった。

〈あの男は見つかった？〉

「茶屋さんが血眼《ちまなこ》になって捜しているところ。あのマンションはいろいろ仕掛けがしてあって隠し扉や隠し通路まであったみたい。いつでも逃げられるように周到に準備していたのね」

〈鈴木一郎は？〉

「あなたを病院に届けるとすぐに姿を消した」

縣は真梨子の顔をうかがったが、表情からはなにを考えているのか読みとることができなかった。

〈わたしの家に盗聴器はあったの？〉

「うん。盗聴器と小型カメラが見つかった」

縣が答えると、真梨子は目を閉じ深いため息をついた。

「もちろん全部とりはずして徹底的に掃除したから、先生は安心して家に戻れるよ」

縣はいったが、真梨子は目を閉じたまま反応を示さなかった。

縣は真梨子にかけることばをそれ以上思いつかず黙りこむしかなかった。

〈あの男、能判官古代って名乗った。能判官なんて家、本当にあるの？〉

しばらくすると真梨子が目を開け、スマートフォンをふたたび親指で操作した。

「ええ」

〈自分は能判官家の当主の跡継ぎだって、そうもいったわ。それも本当の話？〉

「ええ」

縣はうなずいた。

〈わたしも能判官家の子で、あの男の妹だといわれたわ〉

「なんですって」

縣は思わず声を上げてしまった。

真梨子が顔を向け、縣を見つめながら眉間にしわを寄せた。なぜ驚いたのか探るような視線だった。

〈なぜ驚くの。なにか知っているの〉

「驚いてなんかないよ。いえ、驚いた。本当のことをいうとね。あまりに突飛な話だと思ったから。だってもし先生があの男の妹なら、先生は能判官家で育ったってことになるし、当然古代だって知っていたはずじゃない。先生には能判官家で育ったという記憶があるの？」

縣はしどろもどろになりながら逆に質問を返した。

〈そんな記憶はまったくないわ。わたしの父も母も能判官家なんて家とはまったく関

係がないし、名前すら聞いたことがないもの〉

「そうでしょう？　当り前だよ」

〈でも、どうしてあんなことをいったのか気になって〉

「それは先生の家に盗聴器や隠しカメラを仕掛けて二年以上もストーキングしていたような男だもの。先生に対するゆがんだ愛情がそんな突飛な妄想を生んだんだよ。そうに決まってる」

頭師がいっていた、一歳になるかならないうちに養子にだされた古代の妹とは真梨子のことだったのだという想像もしていなかった事実を聞かされて内心動転していることを悟られないよう、縣は必死におどけた口調を装いながらいいつくろった。

真梨子は縣の顔を見つめたままだった。

縣は背中に冷や汗をかきながらなんとか口角をあげ、笑顔らしき表情をつくった。

〈そうよね。そんなはずがないわね〉

ようやく縣から視線をはずした真梨子がキーを打った。

〈きょうのドレス、素敵ね〉

縣はフリルのついた純白のワンピースを着ていたが、大きく広がったスカートの部分には花柄の刺繍がしてあった。

「わたし、背が高いからロリ服を着ると馬鹿っぽく見えない？」

縣は真梨子を笑わせようと思っていった。

〈そんなことないわ。とても似合ってる。あなたのご家族の話が聞きたいわ。ご両親はどんな方？〉

スマートフォンに目を落とした縣は液晶画面にならんだ文字を見てとまどい、一瞬ことばに詰まった。

〈ごめんなさい。答えたくないことを聞いてしまった？〉

縣の表情を見た真梨子があわてたようにキーを打った。

「ううん。そんなことない」

縣は首を横にふった。

「わたしの両親はね、時代遅れのヒッピーだったの」

〈ヒッピー？〉

「そう。ラブ・アンド・ピースのあのヒッピー。ＬＳＤ五ドルで天国ってやつ」

〈よくわからないわ〉

「わたしの両親は六〇年代、七〇年代のことなんかなにも知らないくせにあの時代にすごく憧れを抱いていたの。ふたりは学生結婚だったんだけど、わたしが生まれるとすぐにアメリカに移住した。サンフランシスコの大学に留学するためにね。学校を卒業すると今度はアラスカに引っ越した」

〈アラスカに？　サンフランシスコはヒッピームーブメントが盛んだったところだからなんとなくわかるような気がするけど、なぜアラスカなの？〉

「フォークソング・コレクターってわかる？」

〈知らない〉

「移民たちがアメリカに持ちこんだ祖国の伝統音楽だとか先住民のあいだで古くから伝わる歌を探して採譜したり録音したりして人類共通の財産として残すために活動していた人たちのことだけど、そのなかに当時の若者なら誰でも知っていた有名な人がいたの。その人はオンボロ車でアメリカ中をまわり厖大な数のフォークソングを収集して、録音したテープは何枚ものレコードになった。その人の最後の目的地がアラスカだったの。何ヵ月かしていつものようにレコード会社にテープが送られてきたんだけど、録音されていたのは歌ではなく、自身の放浪生活についての述懐だった。中身はフリーセックス礼讃と薬物による意識の拡大その他もろもろだったって訳。会社はテープを出版社に持ち込み、出版社は本にした。本はベストセラーになってそのフォークソング・コレクターは若者たちから熱烈な支持を得て、のちにヒッピーの始祖として祭りあげられることになったんだけど、当の本人はアラスカで姿を消したまま二度と戻らなかった。で、彼の信奉者たちのあいだでアラスカへの聖地巡礼がはじまった。彼を探そう、きっとどこかにボディーの横にPUSSY　WAGONって文字がでかでかと書かれたバンが見つかるはずだ、ひょっとしたらその車のなかに白骨化した彼が眠っているかも知れないってね」

〈それであなたの両親もアラスカへ？〉

「そういうこと。父は建築士、母は弁護士として働きながら、週末になると奥地の山や川にでかけて行った。ふだんはとてもおだやかで論理的な人たちだったのに、PUSSY　WAGONおじさんのことになると理性の箍《たが》がはずれたようになって他人のいうことなんか一切耳を貸さなかった」

〈それでどうなったの〉

「ある週末、ふたりはいつものように深い森に入って行って行方不明になった」

〈もちろん見つかったんでしょう？〉

「いいえ。何ヵ月も捜索が行われたけどふたりは見つからなかった」

〈そんな。わたしをからかっているのね〉

「いいえ、本当のこと。ふたりは二度と帰ってこなかった。そしてまだ子供だったわたしは日本の親戚に引きとられたって訳」

縣の顔を見た真梨子が、冗談をいっているのではないとわかるとスマホのキーを打った。

〈ごめんなさい〉

「謝ることなんかないわ。わたしはそれからどんなものであれ何かを偶像化したり神聖視することとくらい馬鹿馬鹿しいことはないと思うようになった。この世の中には目の前の事実しかないんだ、事実だけを追い求めようってね」

〈天上の存在なんかもってのほかという訳ね〉

「それはノー・コメントということにしておく」

そう答えると、縣の顔を見つめていた真梨子の頬がゆるんだ。

〈これからどうするの。ここに残って茶屋さんのお手伝いをつづけるの？〉

「ううん。東京へ帰らなくちゃ。いろいろ雑用が溜まってるし、わたしが見張っていないとなにをしでかすかわからない部下もいるからね」

〈そう、残念だわ。あなたとはお友達になれそうだって思っていたのに〉

「先生とは友達だよ。毎日ＬＩＮＥする」

〈本当？　わたしも毎日返事を送るわ〉

縣が手を伸ばし、真梨子がその手を握り返した。

「じゃあね」

縣がいい、真梨子がうなずいた。

13

病院の建物をでた縣が雲ひとつない晴天に思わず背伸びをしながら左右を見渡すと、遊歩道の入口に置かれたベンチに腰をかけている男が見えた。

縣はタクシーを拾うのをいったんとりやめにして遊歩道に向かい、男の座っているベンチの反対側の端に腰を下ろした。

「一週間も経っているのに、氷室屋敷の地下ではなにかが高温を発しながら燃えつづけているそうよ。消防車が近づけないくらい強烈な熱らしい。あなたが地下の図書館の焼失を手伝ったんでしょう？　いくら古いといってもコンクリート製の建造物がガソリンの炎くらいで崩れ落ちるなんてあり得ないもの」

縣は男には視線を向けず正面を向いたままだったが、男は無言だった。

「まさか真梨子先生のお見舞いにきた訳じゃないでしょう？」

「あなたに会いにきました」

男がいった。

「わたしに？　それは意外ね。逃亡犯のあなたに用があるのはわたしの方で、あなたではないと思ってた」

「『愛宕セキュリティー・コンサルタント』はどうなりますか」

縣の軽口にはとりあおうとはせずに男がいった。

「何人か証人がいるけど犯罪行為を立証するのはむずかしい。いまのままでは起訴もできないし裁判にももちこめないから別の方法でいくしかない」

「別の方法とはなんです」

「あなたコンピューターにくわしい？」

縣は男に顔を向けて訊いたが、すぐに正面に向き直った。

「愚問だったわね。会社のサーバーにウィルスを植え込んでネットワークを把握した。あとはわたしのゴーサインひとつであの会社の全データを別のサーバーに移す。わたしが用意した海外のサーバーにね。あの会社なかなか優秀らしいから一日か二日で経由サーバー間の暗号を解いて移行先を見つけるかも知れないけど、その間契約先のデジタルセキュリティーは丸裸の状態になる。『愛宕セキュリティー・コンサルタント』の信用はガタ落ちになるし、そればかりかあちこちから大変な額の損害賠償金を請求される羽目になるでしょうね。つまりあの会社は一巻の終わりという訳」

縣はことばを切りもう一度男の方をうかがったが、男は無表情のままだった。

「残念なのは日馬という男を逮捕できなかったこと。やつはわたしが知っている限り七人の人間を殺している。だからどうしても捕らえたかった」

「日馬なら死んでいます」

男がいった。

縣は思わず男の顔を見た。

「あなたが殺したの？」

「能判官古代です。死体はばらばらにされて燃やされてしまいましたから残っていませんが、隠れ家の焼却炉を浚《さら》えばＤＮＡが検出できるかも知れません。播磨町《はりまちよう》の外れにあるスクラップ置き場です」

男はそういってベンチから立ち上がった。

「図書館を跡形もなく破壊しただけじゃない。あそこに保管されていた本を灰にする前にあなたはすべてを記憶したはず。頭師さんに頼まれてね」

男はなにも答えなかったが、縣はそれを肯定の印と受けとった。

「頭師さんから頼まれたのはそれだけじゃない。指名手配犯になってもあなたがどうしてこの愛宕市から離れないのかずっと不思議に思ってたんだけど、やっと答がわかった。それは真梨子先生を古代から守るため。あなたは真梨子先生のガーディアンエンジェルだった。そうなんでしょう？」

男はそれにも答えず、縣に背中を向けて歩きはじめた。

「わたしは東京に帰るけど愛宕市からは目を離さないわよ。だって能判官家の記録をすべて記憶したあなたはこの町に巣食っている悪党たちのリストを手に入れたも同然なんだから」

振り向きもせずに立ち去ってゆく男の背中に向かって縣はいった。

参考文献

『失踪入門』吾妻ひでお／中塚圭骸（インタビュー）　徳間書店
『狂気の偽装』岩波　明　新潮社
＊
『警視庁情報官　サイバージハード』濱　嘉之　講談社
＊
『科学者は神を信じられるか』ジョン・ポーキングホーン　講談社ブルーバックス

本書は二〇二一年四月、小社より単行本として刊行されました。

|著者| 首藤瓜於　1956年栃木県生まれ、上智大学法学部卒業。会社勤務等を経て、2000年に『脳男』で第46回江戸川乱歩賞を受賞しデビュー。他著に『事故係 生稲昇太の多感』『刑事の墓場』『指し手の顔 脳男Ⅱ』(上・下)『刑事のはらわた』『大幽霊烏賊 名探偵面鏡真澄』がある。最新刊は『アガタ』。

ブックキーパー 脳男《のうおとこ》(下)

首藤瓜於《しゅどううりお》

2023年 8 月10日第 1 刷発行
2023年10月16日第 2 刷発行

発行者――髙橋明男
発行所――株式会社　講談社
東京都文京区音羽2-12-21　〒112-8001
電話 出版 (03) 5395-3510
販売 (03) 5395-5817
業務 (03) 5395-3615

Printed in Japan

講談社文庫

定価はカバーに
表示してあります

KODANSHA

デザイン―菊地信義
本文データ制作―講談社デジタル製作
印刷―――株式会社KPSプロダクツ
製本―――株式会社国宝社

ISBN978-4-06-532928-3

講談社文庫刊行の辞

二十一世紀の到来を目睫に望みながら、われわれはいま、人類史上かつて例を見ない巨大な転換期をむかえようとしている。

世界も、日本も、激動の予兆に対する期待とおののきを内に蔵して、未知の時代に歩み入ろうとしている。このときにあたり、創業の人野間清治の「ナショナル・エデュケイター」への志を現代に甦らせようと意図して、われわれはここに古今の文芸作品はいうまでもなく、ひろく人文・社会・自然の諸科学から東西の名著を網羅する、新しい綜合文庫の発刊を決意した。

激動の転換期はまた断絶の時代である。われわれは戦後二十五年間の出版文化のありかたへの深い反省をこめて、この断絶の時代にあえて人間的な持続を求めようとする。いたずらに浮薄な商業主義のあだ花を追い求めることなく、長期にわたって良書に生命をあたえようとつとめるところにしか、今後の出版文化の真の繁栄はあり得ないと信じるからである。

同時にわれわれはこの綜合文庫の刊行を通じて、人文・社会・自然の諸科学が、結局人間の学にほかならないことを立証しようと願っている。かつて知識とは、「汝自身を知る」ことにつきていた。現代社会の瑣末な情報の氾濫のなかから、力強い知識の源泉を掘り起し、技術文明のただなかに、生きた人間の姿を復活させること。それこそわれわれの切なる希求である。

われわれは権威に盲従せず、俗流に媚びることなく、渾然一体となって日本の「草の根」をかたちづくる若く新しい世代の人々に、心をこめてこの新しい綜合文庫をおくり届けたい。それは知識の泉であるとともに感受性のふるさとであり、もっとも有機的に組織され、社会に開かれた万人のための大学をめざしている。大方の支援と協力を衷心より切望してやまない。

一九七一年七月

野間省一